失愛算什麼！

沒有人陪你顛沛流離，
你就做自己的太陽。

王珣——著

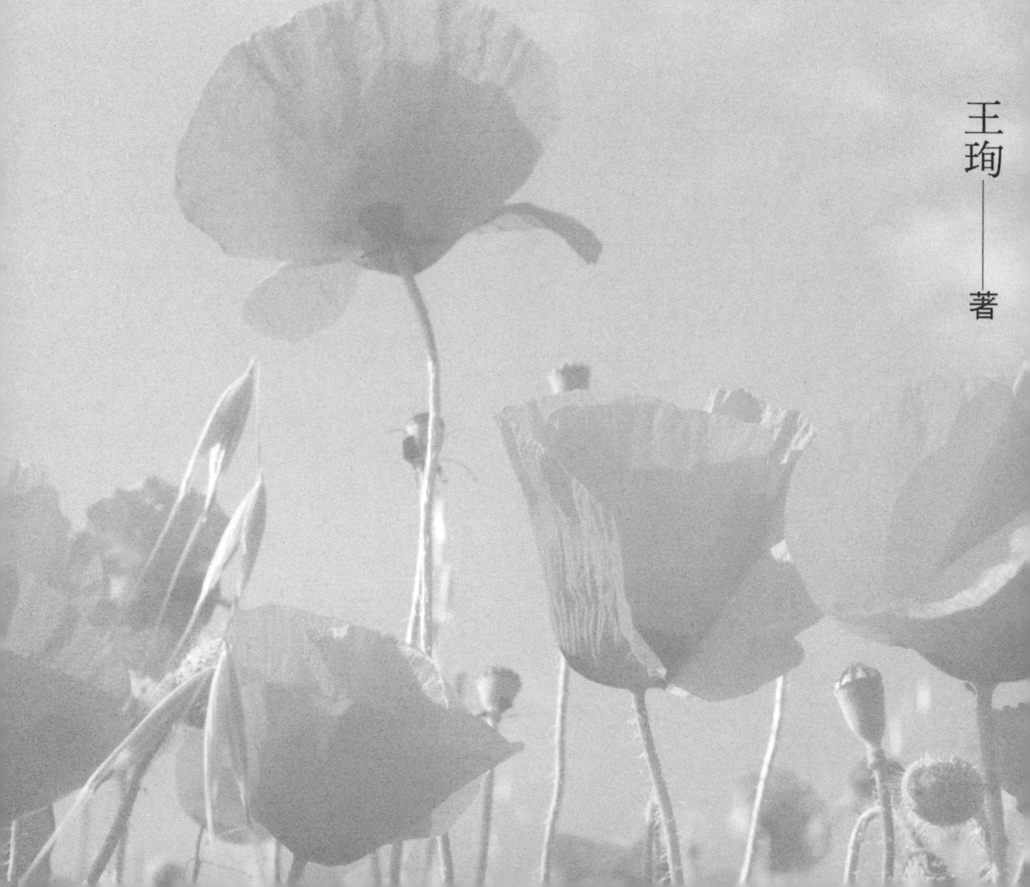

推薦序
等愛的儀式

律師娘　林靜如

「想到離婚就想到律師娘……」前一陣子有個朋友當面這樣調侃我，被我白了一眼。唉！但坦白說，上網google「律師娘」，出現的就是幾十筆跟離婚相關的文章，甚至在google搜尋欄打上「律師娘」三個字時，還會自動帶出「離婚」這兩個字，害我差點沒去找月老拜拜保佑自己的婚姻。說真的，哪個女人不希望自己家庭美滿，幸福快樂跟另一半在一起一輩子？但為什麼離婚率卻年年攀升，想求愛卻失去愛呢？

我曾經聽過一個很受異性歡迎的男性友人跟我說：「愛情不是追求來的，是吸引來的。」乍聽覺得是老生常談，但仔細觀察身邊的人，你會發現，大部分人在期許愛情的來臨時，往往忘了怎麼成為一個吸引愛情的人，反而是擔心煩惱愛情不來，甚至在遇到愛情即將離去時，求著拉著它留下來……愈是在乎，就愈容易用錯方法。

在《失愛算什麼！——沒有人陪你顛沛流離，你就做自己的太陽》一書裡，作者恰恰就在講這個道理，但談得更細緻、更深入，讓你猛然驚覺，我們真的常在生活的柴米油鹽中，失去了吸引愛情的能力。

我想，很多人都聽過〈北風與太陽〉的故事吧！北風與太陽在比賽怎麼把旅人厚重的大衣脫下來，北風拚了命地吹，卻讓旅人拉緊了大衣；太陽和煦的照射，卻讓感受到溫暖的旅人，自己把大衣脫了下來。

在伴侶關係中，你是北風還是太陽呢？

我們在事務所裡看過了上千對要離婚的夫妻，有一次我問律師老公說：「你在提供諮詢或辦理離婚事件的過程中，看到夫妻廝殺成這樣，會不會好奇他們是怎麼走到這一步的？明明當初也是恩恩愛愛的結婚，明明當年那男人也是辛辛苦苦地把那女人追到手的。」

他意味深長地回答我：「凡事必有因。」

大律師的這句話，可以有很多種解釋，我的解釋則是：誰都不想走到這一步，但走到這一步，無論是哪一方的力量多一點，都是大家一起造成的。但這並非在討論孰是孰非，而是當愛已逝去，我們都不要再怪罪，要嘗試找回初衷，好好思考，我們想成為怎樣的自己，我們想過什麼樣的生活，然後讓自己慢慢成為值得的模樣。就像這本書裡說的道理：你要有一個等愛的樣子。

什麼是等愛的樣子？就是愛會想要向你靠近的樣子。照一照鏡子，你有好好打理自己成為等愛的模樣嗎？如果沒有，愛怎麼會敲門或怎麼會留下呢？

我特別喜歡書裡的一個篇章〈用儀式感增加你對生活的愛〉。歷經一整年產後憂鬱的我，剛好也正在實行這樣「等愛的儀式感」，打扮成自己喜歡的模樣、做讓自己開心的事情，更要笑成自己欣賞的表情。因為不管愛在不在，我們都要做自己的小太陽，溫暖自己的內心。

目錄

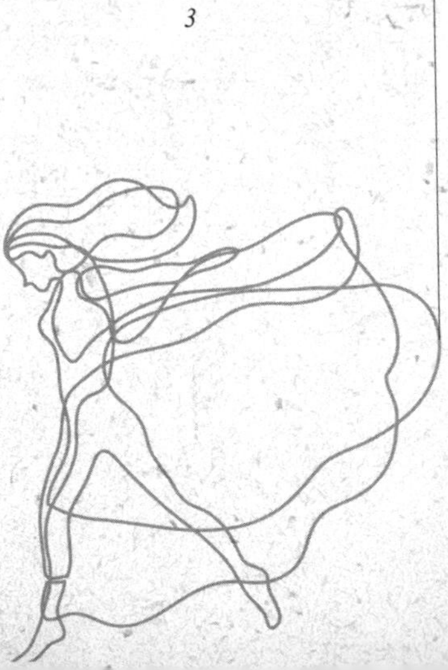

第二部　沒有人陪你顛沛流離，你就做自己的太陽

第三部　要活得有教養，高貴得暗夜生輝

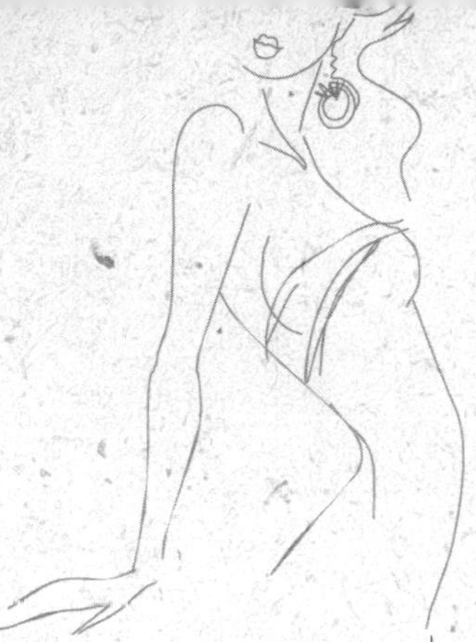

第一部

在歲月風雨中，學會溫柔

當你愈來愈冷漠，你以為自己長大了，其實沒有。
長大了就應該變得溫柔，對全世界都溫柔，
看到別人看不到的美好，聽到別人聽不到的花開。
歷經了歲月的風雨，那種溫柔依舊無所不在，
陪伴自己的孤單，撫慰別人的靈魂。

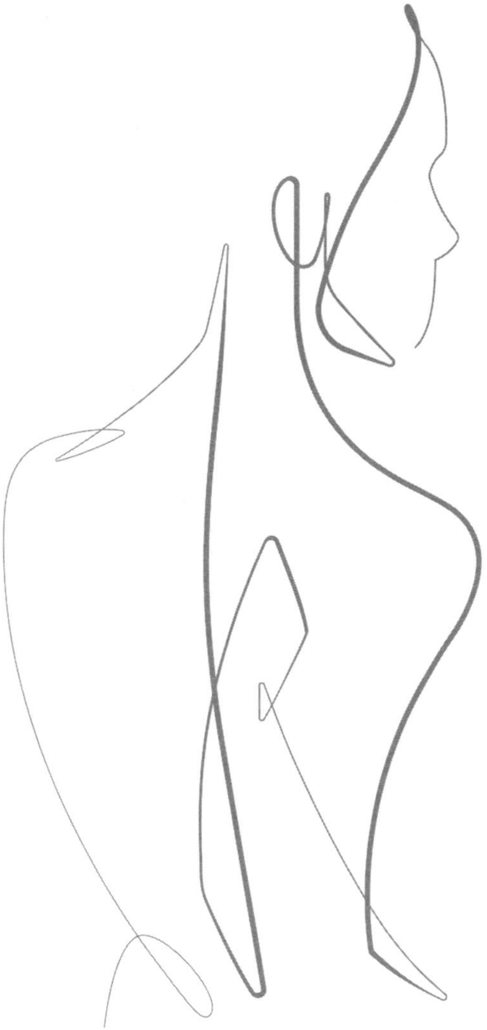

只有把自己活好了，才能感受到世界的溫柔

我在西藏旅行的時候認識了Amy，一個三十八歲的香港女孩，之所以還稱她為「女孩」，是因為她不論身材和顏值，不論聲音還是神態，都美好如少女。我們幾個旅伴一起租車去聖湖納木錯（編按：「納木錯」為藏語，是「天湖」的意思），出發之前商議著要帶些水果吃食，Amy卻已經把購物清單和到哪裡購買計劃得清清楚楚，精打細算到讓我目瞪口呆。原來她從高中起就利用所有的假期外出旅行，如今已經一個人跑遍了大半個地球。她畢業於香港中文大學，又在歐洲名校讀完了碩士、博士。她就職過的公司幾乎都是知名企業，拿高薪休長假，還辭職去非洲做一年志工，在伊波拉病毒肆虐的地區救助饑民孩童。

Amy在旅途中的「做作」也讓旅伴們刮目相看。一見到大家在車裡吃東西，她立馬拿出垃圾袋，連一張紙屑都會仔細收集起來帶回拉薩再扔。她吃東西極為

自律和簡單，不論好吃的還是不好吃的，她的那份一定吃完絕不浪費。在納木錯露營的那一夜，外面下起了雨，雨打上帳篷叮叮咚咚，我們幾個人頓時感到心曠神怡，此時Amy又變魔術般拿出薯片、巧克力和盒裝奶茶一類零食，為我們的聖湖之旅平添了更浪漫的記憶。

她從大學開始就靠自己打工支付讀書和旅行的費用，真真實實地讀了萬卷書又行了萬里路，她說：「不會生活，讀再多書都沒用；沒有愛，走遍世界也沒用。用生活裡學到的東西再去讀書，書中的智慧才會成為自己的智慧。懂得愛社會愛別人，世界的美好其實就在家裡家外、捷運或公車上、街頭人群中。」

讀到這兒，很多人也許會覺得Amy一定單身吧，才會有那麼多時間讀書、旅行、當志工，我們這些平常女性不可能會有她那種經歷，夢想早已經在柴米油鹽中被風乾了，三十八歲能有三十八歲的樣子就已經很不錯了，再說有她那種經歷的女子也常常是難嫁的，三十八歲早就不可能再有什麼少女心。事實上，Amy三十歲結婚，先生畢業於名校，育有一兒一女，她錢包裡的照片上，先生高大帥氣、兒女天真可愛。儘管有了家庭，Amy還是每年都會安排一次獨自旅行。她說她的時間被嚴格劃分，給家庭子女、工作事業、社會公益以及自己的時間，不會混淆。所以，無論多優秀的女人都是有男人娶的，何況是像Amy這般滿心溫暖又充滿大愛、外在表現卻又那般溫柔與低調的女人。

情無所歸的女人，到頭來還是因為自己有著這樣那樣的毛病，怕就怕不是別人對自己要求高，而是自己對別人挑剔不滿。Amy說：「懂得放棄和改變的女人，都能一輩子做女孩，看到更多別人看不到的美好，遇見更多和我們一樣善良的人。」

Amy為很多人做過很多事，卻從未表現出強者對弱小居高臨下的施捨，而是處處平等地關愛與尊重，給予別人幫助還要向對方說：「謝謝你，是你讓我感覺到了愛的力量。」她無疑早已成為一位活得漂亮的女性。Amy這種精采的人生履歷讓我們完全忽略了她是不是年經，五官是不是完美，滿心只想和這位美少女一樣去愛這個世界。

我一直認為，一個女人最精采的生活，莫過於在該做什麼的年紀就去做什麼，對了錯了、痛了傷了，都不要緊，重要的是我們什麼都沒有錯過，就必會有所成長。就算你曾經都錯過，只要現在開始停止抱怨，清除負能量的陰霾，努力學會去愛去付出，去欣賞每個人的優點，去把沒有做過卻又一直想做的事做一遍，正能量自然會慢慢充滿你的心扉。我還是會為你這般的決定和堅持按個讚，這也會是一種活得漂亮的人生，世界還是會對你溫柔對待。

現實生活裡的我們都不是也不可能單獨活著，總有牽掛、總被愛著，所以你不能狹隘著要求完美，讓自己心底的美好太過淒涼與孤單。如果這時的你看不到生活的盡頭，或面臨痛苦的選擇，或正迷茫悽惶，請不要怕，去主動承擔些社會責任吧。比如愛一個人，成一個家，立一個業，孝順爸媽，呵護你的孩子長大，或者去做義工，去抱抱孤兒院裡的孩子。這些力所能及的手邊事，會讓你的生活擁有實際的目標和意義，會在無窮大的世界裡找到真正屬於自己的邊際，然後一直走下去。

長得漂亮是上天的恩賜，活得漂亮卻是後天修練的本事，「人人被造而平等」，而非「人人生而平等」。最終，這世間唯有「愛」字可以改變我們的命運，只有你學會去愛了，才會活得漂亮，世界才會對你溫柔相待，又會發現其實好多人都曾經守護過你的純真，人來人往裡，都有著擦肩的溫暖和陌生的善意。

有時候，我們必須做出的最困難的決定，最終卻成為我們做過的最漂亮的事情；我們曾經以為最艱難的人生境遇，最終卻成為我們活得最漂亮的時光。

你最漂亮的樣子，是溫柔

女兒剛上高中的時候，我去參加家長會，認識了她的幾位任課老師，回家後女兒說：「老師們都問我為什麼不能像你那樣溫柔，說我比較像個女漢子。」我回答：「你現在還小。我像你那麼大的時候也不知道溫柔是何物，任性而為，在青春裡暴走，但長大了就會變得溫柔，因為讀的書多了，看的世界多了，心就寬了，眼界就遠了，溫柔其實是殘酷的生活給予我們的禮物。」

女兒上大學後，我對她說：「現在應該能在你身上看到溫柔的影子了，如果沒有，就不是年齡的問題了，而是你沒有真正開始成長。」女兒回答了一堆看似合理，其實全是藉口的答非所問，總之她覺得她一次只能做好一件事。我說：「溫柔不是一件事，而是你面對外界榮辱的一種態度，缺少這種成長，我不認為你可以做好現在想做好的事。」我們所有外在的強悍與粗糙，都是內心脆弱的真實表現，而內在的強大與淡定，表現在外則是溫柔與風度。

我在自己和女兒的成長中，更加瞭解到漸漸變得溫柔的過程和意義。在這樣改變的過程中可以觸摸到人心柔軟處的溫暖和堅強，為了你堅持的東西最終可以實現，成熟是成長的驛站，往後的路或許還很長，溫柔的你卻已經擁有了一直往前的力量。

我的媽媽一生溫柔，從不用激烈的情緒表達憤怒或是不滿，但誰沒有想不開或挺不住的時候？偶爾問起媽媽，她說：「對不相干的人不應該憤怒，對人不會好好說話，總看別人不順眼是自己教養的缺失；對親近的人則更須溫和有禮，如果對外講究、對自己人放肆，那才是做人的損失。」

生活中看過太多在家當大爺、在外當孫子的人，說起來都是「身不由己」，卻讓最親最愛的人看到自己最醜陋的臉和脾氣。我們總以為會被親人和愛人原諒，所以任性而為，卻從來沒想過是傷口都會留下疤痕，每每看見，每每黯然，再寬厚的心也很難了無痕跡。

你想要看看自己最醜陋的樣子，那就在憤怒過後，吵鬧過後，嫉妒過後，哭泣之後照照鏡子，那裡會有一張扭曲變形的臉和一顆貪婪膽怯的心，沒有人會喜歡你的那副樣子，再愛你的人相處久了也會心生厭倦。我為瑣事煩惱，也有吃不下睡不好的時候，第二天照鏡子簡直就是觸目驚心，自己都開始討厭自己。為了「顏值」，我學會控制情緒，為了活著的體面也要挺住不哭泣，為了自己的格調也會咽下傷痛不訴苦。

如今即便是在愛我的男人面前，我也絕不會讓他看到我不漂亮的樣子，於是慢慢地和顏悅色，漸漸地溫柔有加，很少再被激怒發脾氣小題大做。再後來這就成了我生活的常態，一直好好說話，一直柔聲細語，我終於覺得自己像溫柔的媽媽了。偶爾再有讓他擔心的時刻，我也會儘快調整，他忙完工作趕回家陪我的時候，我已經化了淡妝換了裙子，坐在咖啡館等他了。我說：「高興的時候在家裡等你，不高興的時候就在咖啡館裡等你。」

總之，時時刻刻我都要活得漂亮一點，那樣我身邊的人也會覺得幸福和安心，這不就是最好的回報嗎？因為他是那麼愛我。

愛情是瘋狂的，婚姻是瑣碎的，溫柔是永恆的。用溫柔為愛情掌舵，為婚姻增添色彩，日子就會愈過愈順心了。有時候，我們不懂，那是自己掩耳盜鈴或者傷得不夠深，體悟不夠。我不是在描繪童話裡的世界，我只是用文字在訴說我們平凡的生活，至於最終我們把生活過成了什麼樣子，完全是我們自己的問題。你想要的就自己去努力，如果你先因疲憊而放棄，就不要說愛情是謊言、婚姻是沙漠、幸福是童話。其實，沒有生活、沒有情感，哪來的童話呢？

即使所有的情感被冷漠冰封，那冰封下也湧現著生的希望；即使所有的愛情都以悲傷落幕，那悲傷中也有我們自己知道的美好；即使所有的婚姻都是沉默的，那沉默裡也有我們彼此付出的深情。

這世間最大的幸福與最深的傷痛，都源自於那一個「愛」字，而溫柔可以將幸福無限延長，可以將傷痛安靜地撫平。溫柔是這世間最優秀的品格與修養之一。如果我們不能對親人和顏、對愛人悅色、對朋友體諒、對老幼尊愛，對鰥寡孤獨予以關注照顧，我們就都欠缺完整的人格。

我們成不了偉人，當不了英雄，但可以用溫柔去成全「我本善良」這一句最平實的人性表白。我們也許不能用溫柔留住永恆的愛情，卻可以用溫柔將我們的愛永久保鮮，任何時候開啟，都芬芳誘人。溫柔永恆之人，眼睛裡可以流淌出款款的深情，不說話也能在瞬間將你溫暖包圍，舉手間可以流露出深深的牽念，沒有聲息卻能夠暗香纏綿。

當你愈來愈冷漠，你以為自己長大了，其實沒有。長大了就應該變得溫柔，對全世界都溫柔。看到別人看不到的美好，聽到別人聽不到的花開，歷經了歲月的風雨，那種溫柔依舊無所不在，能陪伴自己的孤單，撫慰別人的靈魂。生活中只有一種英雄主義，就是在認清生活真相之後，依舊熱愛生活。

無論我走到哪裡，那都是我該去的地方。我必須經歷一些我該經歷的事，遇見我該遇見的人，才對得起自己。無論結果如何，我都會溫柔相待，因為我要給生活一個最漂亮的樣子。

一眼識破感情婊

前幾日和閨蜜吃飯，聽她聊到人際交往中有這樣一類人，他們是「社交型人格」，特點是活潑外向，熱情仗義，很會打感情牌，能和人聊心事，你也會覺得對方是可以交心的。再相處一段時間又會發現，對方其實和任何人都可以聊心事，並且很懂得在這樣的來往中，向別人要資源和求幫助。

對這種社交型的人來說，聊心事只是一種社交方式而已，根本不代表已經把你當成朋友，看似和你關係不錯，其實對誰都一樣，從沒有真正和誰交過心。你或許記得對他們的自己每一次承諾，所以每每傾力相助，但對方說過的話都只停在嘴上，你要當真了，就等著一次次失望吧。

這一類人在職場上和生活裡都找得到，看似感情極其豐富，甚至在你需要的時刻可以陪你笑陪你哭，但前提條件是你身上必須有可以被利用的價值，只要你還有剩餘價值對方就會一直在，當你被榨乾或是時運不濟，對方就會自動消失。

之所以說這類人是「感情婊」，最有意思的事情就在後面。某天當你忽然又有了某種價值，或是時來運轉，「感情婊」會在第一時間出現在你面前，滿臉為你高興的樣子。看到這樣，你是不是還很感動？所以社交型的「感情婊」大有人在，並且很會利用這一點，取得所需資源以備自己在職場上一路高歌，或是在生活中占點現實上的好處。

很多人都強調看人不能光看外表，要有深入接觸才能瞭解一個人。也正因為「人不可貌相，海水不可斗量」，於是讓靠著打感情牌並且最終利用了他人感情的人大行其道。海水當然不可能斗量，可又有多少人心似大海？

有些人的心被終生禁錮在一口井底，根本看不到海的廣袤。我一直主張就該「以貌取人」，「貌」不是說我們都要有一張范冰冰的臉，而是包括你的臉、你的身材、你的衣著、你的言談舉止，以及一切能夠表現在外在上的內在。如果只是強調自己有多美好的內在，卻在外在上一點都看不到，或是正好相反，就都是裝出來的秀，粗鄙猥瑣的外在也註定了和內涵無緣。在每個人都渴望真情感的時代，情感才會被利用成為工具，練就一雙慧眼永遠比只相信嘴巴說的更靠譜。

我不是喜歡社交的人，工作都去辦公場所談，即便約在咖啡館也是說完事就離開，拒絕一切飯局和活動。我儘量縮小自己的圈子，一是不浪費自己的時間，情願一個人發呆也不說廢話。二是不浪費別人的時間，感情牌在我這裡一點用都沒有。感情豐富的人不會在不相干的人和事上浪費感情，此種豐富要用來給自己建「南山」，看得懂的人來了，以好茶招待，看不懂的人則走過不送，而那道「東籬」自然能幫助我們隔離外界的紛雜騷擾，得到簡單恬淡。

只看外貌已經可以決定那個人可不可以喜歡，這個人能不能交，這件事靠不靠譜了，說什麼和聽什麼其實都是多餘。我不缺愛，是因為懂得太多所謂的愛都是負累，要學會篩選。我沒有被傷害，是因為一直做主動的選擇，不念過去。

既然相由心生是時光給每個人的一張名片，那以貌取人就是最符合自然規律的一種社交方式，也是科學和靠譜的。站姿可以看出涵養，坐姿有你的教養，聲音流露性情，眼睛裡有你真實的世界，眉宇間能測出器量，表情則是近期的境遇，嘴角上有你的自信自卑，笑容間是你的真和假。髮型是你的個性，手可以看出職業，鞋能看出品味，腳能看到修養，衣著會表露乾淨與否，一張口就暴露你的家庭出身。有多少素質不是看畢業證書，而是看你如何面對日常生活；有沒有真感情不靠嘴巴說，而是面對陌生人時你有沒有顆善良的心。我們周身都會散發出一種氣場，有的是幸福，有的是怨懟，有的是窮，有的是富，有的是雅，有的是土，各有特點卻又完全不會錯。

一個會「以貌取人」的人，也必定是有「貌」的，其中的修養見識也非一般人能及。如果你說你還做不到「以貌取人」，也必然是在「貌」上差了一步，先從自身做起，你才能練就慧眼。「你是什麼樣的人，你就會遇到什麼樣的人」，這句話已經被愈來愈多人認可，其實這也是「以貌取人」的道理。換句話說，如果我們想遇到更好一點的人，想過更好一點的生活，唯有讓我們自己先成為那樣也重視外表、把生活過好的人。

與其總是抱怨別人欺騙或辜負自己，不如自己先修練外貌，不論交友戀愛還是職場打拚，當你有能力以貌取人，以你的實際努力和強大內心，就可以有底氣表現出一切隨緣和順其自然的姿態，結果常常是個驚喜。只靠打感情牌贏得眼下的好處，只和有用的人交往套資源，這種社交人常常因為承諾太多忘記自己說過什麼，根本不可能信守承諾，不論職場還是情場，沒有誠信就是沒有人品。

打感情牌的人永遠不是什麼狠角色，就是些想變壞又壞不到底的人，最累的其實就是自己，他們說的永遠比做的多，欲望大過了本事。面具戴久了會印在臉上，在以貌取人的社交方式中，這是下下策，結果往往是全盤皆輸。

不論世界如何改變，以貌取人都不會變，與其心存幻想，不如先讓自己有貌可取，重新開啟人生的新世界。

這世間唯有「愛」字可以改變我們的命運，
只有你學會去愛了，才會活得漂亮，
世界才會對你溫柔相待，
更會發現好多人都曾經守護過你的純真。
在人來人往裡，都有著擦肩的溫暖和陌生的善意。

生活需要你拚臉的時候，你的努力呢？

我最近被朋友曉梅的勵志生活方式搞得暈頭轉向，儘管她的努力曾經感動過我。曉梅是家境一般的鄉下孩子，用她的話說，她是那種不缺錢，但總是不太夠用的那一類。她大學畢業留在北京七年，去年在郊區買了間兩房的新房子，需要在自己的薪水中分出大半付房貸。曉梅的壓力大了許多，於是換了工作去試試新職位，雖然這對於任何職場人士來說都是項挑戰，但曉梅很輕鬆地說：「新興行業更有發展前景，而且錢賺得多。」有沒有前景要看天時地利人和，還需要我們有與之匹配的能力，但後者卻更具吸引力。

我問：「你是不是也應該考慮談場戀愛，找個男朋友，我覺得感情生活對你也很重要啊。」

曉梅回答：「愛情是等來的不是找來的，這話可是你說的。」

我上上下下打量了一番曉梅，然後才說：「你穿七年前的牛仔褲，素面朝天，臉上有痘痘，鞋子是不是名牌不重要，重點是它很髒，長髮披肩也好看，可髮質毛糙很久沒護理過，我讓你這樣等愛情的？」

曉梅笑了：「你眼睛好尖啊，我也知道自己生活得愈來愈糟，可是真是忙到沒時間整理，之前租房子一年搬了N次家，還不就是想賺了錢能買房子安定下來，誰知道買了房子後發現壓力更大，反而捨不得買新衣新鞋了，我又沒有人可以依靠，只能靠自己。」

像曉梅這樣的女性很多，她們或許讀的不是最好的大學，也沒有優越的家境支持，甚至沒有人可以商量幫忙，卻留在大城市和最好的一群人比拚。我欣賞和佩服曉梅她們，北京從來不缺少人們努力的故事，但曉梅的努力裡帶著倔強的拚勁，故事裡帶著獨立的精神，她們才是這個城市的中流砥柱，儘管她們中有很多人並不這麼認為，總是喜歡把自己歸為「北漂一族」，即便賺到了可以滿足生活的錢，還是不能真正融入曾經讓自己無限付出過的都市。她們大多住在城市的週邊，心也時常游離在邊緣，忙的時候忘記自己，閒的時候沒有自己。

整整一年曉梅都是滿滿激情的狀態，各種社交軟體的簽名檔都換成了口號，朋友圈裡全是各種會議應酬，各種我看不懂的工作內容。我一度想封鎖她，因為常常一打開都是她的發文，搞得我都看不到別人的了。有時候跟我傳訊息聊天也會發一大段英文，害得我查很久單字才看明白，原來曉梅為了提升自己報了口語班，拿我當練習對象。

她承諾的一頓飯要等三個月，約了還遲到一個半小時，結果我還沒吃飽，她又看了看時間說：「我一小時後還要趕到公司見客戶。」我說：「以後忙成這樣就別約朋友吃飯了吧，看你滿頭包的樣子，我就沒有任何聊天的欲望了。」

前段時間我遇到一個不錯的男孩，第一個想到的就是曉梅，於是幫他們約了時間見見面。結果曉梅還是遲到了半小時，男孩事後打電話給我，婉轉表達出曉梅好像無心找男友。我讓曉梅在原地等著，我趕到那裡的時候，她打完兩個長長的電話後才想到要跟我說話，我當然知道曉梅不可能無心找男友，幾個月沒見她，我也覺得她變得陌生了。總是在宵夜時間談公事讓她發胖，偏偏她還穿了一件黑色分不出腰圍的半長裙，本來不高的她顯得更矮，樂福鞋上露出半截短襪，素顏掩蓋不了憔悴。我實在不明白，當臉色不再青春，為什麼就不能化點妝？

聽了男孩的想法後，曉梅很委屈地說：「我真的有特別重視這次約會，是路上太塞車才遲到的，昨晚忙得只睡了三個小時，臉色是有點差……」

我很不禮貌地打斷她：「路上天天都塞，約會提前一星期就告訴你了，這男孩是來找女朋友的，不是來評估你有多努力工作的。」

許久，曉梅又嘟囔了一句：「臉就那麼重要嗎？外貌協會的傢伙也好不到哪裡去吧！」

我回答：「我們所有人都是外貌協會的好嗎？何況人家男孩提前半小時到，又主動買了單，打電話給我也是誇你獨立有個性，人家除了臉好看，我還看到他的內在也好看啊，你口口聲聲說自己多努力，當生活需要你顧面子的時候，你的努力在哪裡呢？」

曉梅不再說話，她也知道，自己至少錯過了一個本可以談談情說說愛的機會。再後來聽別人說曉梅又換了工作，她沒有跟我說原因，只是在朋友圈裡沉寂了很多，激情豪語漸漸換成了深奧哲思。在我看來，那同樣沒用。

我們生活在看臉的時代，臉當然最重要，可這個「臉」字除了五官和外在細節，還包括我們做人的體面和生活的姿態。體面就是教養，是我們選擇做更好一點的人做出的努力，是向這個世界傳遞善意和溫暖的機會，這樣的堅守比任何努力都有意義。姿態就是腔調，是我們活著應該具備的尊嚴，是向別人展示獨立和信仰的一種無聲語言。

面對生活熱情不減、不卑不亢、不低頭不認輸、不焦慮不慌張，渾身自然散發出的淡定優雅的氣場，比任何才華都更才華，比任何漂亮都更漂亮。我們也唯有具備了這樣一張「臉」，讓輸是一種成長，贏是一種骨氣，無論如何都是人生的雙贏。

我經常搞不懂那些號稱努力的人到底過的是什麼樣的生活。身邊好多努力活著的人，但有點樣子的生活卻少之又少；好多標榜自己優秀的人，有點情趣的日子卻幾乎看不到，更是莫名其妙總是遇到自己永遠不想要的感情。

為什麼？

忙碌的激情其實是內心浮躁的分泌物，並不是真實的追尋，全是自己騙自己。你努力又焦慮，是因為你缺少達成目標所需要的涵養；你忙到有房有車，外表卻還是一團亂，是因為你缺少對生活的敬意。

別再拿錢當藉口了，奢華遍地卻難見教養，聲聲努力卻不見體面，有錢的人沒底限，沒錢的人沒樣子。不是你在大城市就得拚到面子都不要，只要錢才算成功；不是你在小城市就得甘於庸碌，活著就是抱怨。而這之間的差別就在於——一張臉，一張被世界記得、被生活需要、被別人喜歡的、好看的臉。

能夠寫在臉上的內涵，才是出眾的內涵，一張愈努力愈漂亮的臉，才真正有得拚。

做自己的太陽，把悲傷曬乾

我二十多歲的時候做了單親媽媽，但那時候從沒有覺得單身有什麼不好，忙著學習、工作、旅行、帶小孩，不辛苦是不可能的，但我的快樂在於我可以，並且做到了。到了三十歲的時候我也有點心慌慌，年齡對誰來說都是一道坎，可我還是要漂漂亮亮地跨過去，於是我決定離開熟悉的地方，去找一份新的生活繼續充實自己。我辭職去了廈門的工作，儘管身邊很多人都覺得我瘋了。

我心慌不是因為無人可嫁，而是擔心自己會因為安逸和習慣不能再變得更好一點。我去環境美極了的廈門大學旁聽喜歡的課程，去自己想去的地方旅行，又有了時間讀書。這沒什麼好大驚小怪的，只是別人想的說的我都去做了。千萬別跟我提錢的問題，我是有了積蓄才出去看世界的，大多數人，無論有錢沒錢缺少的都是改變的勇氣，但我卻認為：漂泊是勇者的遊戲，改變是這個時代的常態。記得當時老爸說：「你做這樣的選擇，至少是離你想過的生活又更近了一點。」

我果然又找到了生活的方向，每天都在面朝大海、春暖花開的世界裡倍感快樂，我並沒有刻意盼望有人能夠來愛自己，而是在變得豐盈的路上，愈來愈懂得如何活得漂亮。半年後我去西藏自助旅行，在大昭寺偶遇一位喇嘛，他站在大殿走廊裡指著一塊心形石告訴我：「這是許願石，站在上面許願姻緣最靈。」七天後，我在拉薩八朗學旅館的院子裡邂逅了我的愛情。神奇的事情之所以會發生，是因為我們在為這一個時刻準備著，一直狠狠地雕刻自己，儘管有時候這樣做會痛到死，但還是會塑造出一個更好的你。

又過了半年我追尋愛情來到北京，我依舊要去過那時候的自己想過的生活，並且承擔選擇的後果。我們相守了很多個快樂的日子，女兒也在新的城市一天天長大，我感謝他和他的家庭給了我們最大的接納和呵護，甚至讓我好多年都不需要認識這個城市的路。可是有一天，我的愛情還是沒有了，我不能將就的是不快樂的生活，而不是挑剔矯情而找不到愛。

我又回歸單身，當身上所有的錢只夠繳半年的房租，我才意識到在這個偌大的城市裡只能靠自己。有房有車有人接送照顧的日子沒了，翻開手機甚至找不到能稱為朋友的人。冬日的傍晚，天清冷得讓人窒息，我離開原來的家走到最熟悉的天橋上，忽然意識到我居然分不清東西南北，如此無能的挫敗感讓我頓時想從天橋上跳下去。失魂落魄之際，耳邊傳來路邊歌手的吉他彈唱：「沒有什麼能夠阻擋，你對自由的嚮往……穿過幽暗的歲月，也曾感到彷徨，當你低頭的瞬間，才發覺腳下的路……」（編按：出自中國搖滾音樂人許巍的歌曲〈藍蓮花〉），除了眼前的痛苦，我生命中還得到過很多禮物，家人、女兒、愛情、希望，每一樣都值得我繼續全力以赴。再勇敢點不會死，可撐不住了，以後的人生就都成了忙著死，而不是忙著活！

其實我是拚了半條命才挺過崩潰的日子，卻從未對身邊人吐過半字，從未讓女兒看到不高興的臉，即便經濟上也一度拮据，但不變的格調和體面就是我努力背後最堅忍的力量。那段日子除了工作我還會健身，愈是情緒沮喪就愈不能生病，以免禍不單行，陪女兒去做任何想做的事情，她的快樂也是我的動力。我依舊保持不變的身材，每天出門淡妝靚衫，家裡也一塵不染，我努力堅守我的好習慣，於是一天天繼續平和溫柔下去，誰也不欠我的，包括生活。一年以後的春天，一位穿著白襯衫的男人站在公寓大門口等我，然後跟我說：「小姐，你過來，我有個戀愛想跟你談談。」美好的事情一直都在，我這樣希望也這樣做著，如果先從自己身上著手，做自己的太陽、曬掉悲傷，你最終堅持的理想就會成為你身上的光。

還是會有很多人問我：「你怎麼度過人生中的艱難時刻？」我的答案是：「克制和忍耐。」你要強迫自己克制不應該有的情感和情緒，即便有條件去做也要克制自己不能做。忍耐則是接受、改變和挺住。對自己狠就是要你堅決、堅定，並且全力以赴，做不到就不可能得到我們想要的結果。

我是個捨得對自己下狠手的人，所以任何年齡任何時刻我都能我行我素，從不為任何人任何事妥協底限，轉身離開就永無歸期，當痛苦壓得左肩擔不住，就換到右肩繼續扛。換句話說，我如果痛了是活該，是我自己選擇的；我如果幸福是應該，也是我自己選擇的。

好多人都說不要隨便將就，卻怎麼都過不好生活；好多人都在說不要在乎年齡，可又解決不了年齡帶來的焦慮，年紀愈大單身指數就愈高。一邊想的是浪漫邂逅，等著別人來做自己的太陽；一邊做的卻是拒人千里，擺著一張不美也不快樂的臉。你的不將就不是因為別人配不上你，而是你自己欠缺與幸福相匹配的品質和勇敢；你不快樂不在於單身還是結婚，而是你自己不堅決不堅定，對任何事情都不能拚盡全力，哪怕是應對自己的痛苦。那種看上去一直美麗、快樂、優雅，彷彿生活得毫不費力的人，背後全是十二分的克制與忍耐。

當你真正開始會愛自己，就會因此得到更多的愛，然後還要儘量分享出去，或許並不知道誰會受益，但依舊要身體力行去證明，這是一個有愛有溫暖的世界。你的孤獨，有人懂。

用儀式感增加你對生活的愛

我把照片合影之類的東西都燒掉，電腦手機中的照片資訊都刪除，他用過的毛巾碗筷、睡過的床上用品、穿過的拖鞋和送我的禮物都打包，直接扔到樓下的垃圾桶。然後又是兩個小時的大清潔，掃除了他在這個家裡的所有痕跡。這是某一年的某一天，我決定和前任分手後做的事。

晚上我坐在茶餐廳的老位子上，看著他匆忙走來，就像初相見，只是這次要說的不是情話而是別語。求愛需要一個儀式，不然那是輕薄；分手也該有個儀式，不然那是逃避。我走出茶餐廳的時候拿出手機，刪除了他最後一點資訊。儘管這是個用電子郵件、簡訊、通訊軟體、打個電話就可以說分手的時代，但我還是需要這樣一個儀式，透過這樣的方式和我曾經的愛正式告別，為他流完最後一滴眼淚，然後永不再見。

我對喝下午茶這件事也珍愛有加，即便一個人去喝杯咖啡也會盛裝而行，那是屬於我的午後，每一次都值得以笑顏相遇。如果是和閨蜜約會，一定提前訂好位子，還要早到，感受一下溫度，選擇室內外哪裡小坐聊天更舒適。我重視每一次的約會、聚會，把出差也當成是一次旅行，所以才擁有了微笑的心情，能看到美好的眼睛，能感受溫柔的能力。我是一個需要儀式感生活的女子，失去了這些，人生不莊重，情感不認真；生活會粗糙，人心會脆弱。

中國古人是重視「儀式」的，撫琴需要先焚香，喝茶更是過程繁複卻自得其樂的事，好像不做足全套功夫，琴就彈不好，茶就喝不香。儀式是一種純淨的行為，有些是為了祭拜祈福，有些看起來似乎沒有意義或是目的，就像一場令人心曠神怡的遊戲，但能為當事人呈現出眼前的世界，充滿活色生香。不要忽略心靈的力量，這種所謂的儀式感，其實就是在表達我們對生活的摯愛，對困境無聲卻極富韌性的抗爭。

老外去聽音樂會或是看演出，必是以隆重莊嚴的心，盛裝到場。各種節日、紀念日、生日都要一一慶祝，孩子學校的活動不論大小，家長都會到場，畢業典禮更是舉家前往見證的好日子。國內孩子畢業，從幼稚園到博士生，畢業照裡都不見家長的影子，學校缺少了最重要的教養儀式。如今各種奇葩的畢業照層出不窮，卻唯獨不見有人穿學士服和父母合影，也就沒人想起日漸老去的父母，為了子女的學業有過怎樣的付出。

生活中充滿了忙碌，大家都藉口忙，就忘記生日、忽略節日、淡漠親情、應付友情。一個人吃飯就湊合街上人工添加的食品忽略健康，兩個人為了房子孩子，就沒有了值得紀念的日子，很多人住在外觀高檔的公寓裡，房間內卻亂到腳都插不進去，偌大的屋子沒有一點生活的氣息。廚房中的餐具五花八門，什麼能裝就留著什麼，臥室的大床上鋪著分不清顏色花紋的東西，餐桌閒置不用就堆滿雜物，一家人拿著不同的碗碟對著電視機吃飯。大家又都在抱怨工作不快樂，生活無聊，情感平淡，卻又不會好好吃飯，沒有一點情趣，對自己的粗糙視而不見。你匆忙趕路必會錯過風景，你缺少敬畏必會麻木冷漠。

我爸媽很重視一日三餐，即便是在物質匱乏的年代，每餐必會打開爐火，變著花樣炒出精緻小菜，以至於我的童年一直彌漫美食的甜香，從不知道苦是何物。中學離家很遠，一年四季，爸媽會雙雙早起為我準備早餐和午餐，他們在廚房裡忙碌的身影就是他們的愛情，如此家常的場景卻被爸媽演繹得像是一幅畫，而且數十年如一日從未改變。那時候我不用做任何家務，卻並不妨礙長大後有了家庭孩子，也能做得一手好菜，並讓房間一塵不染。女兒問：「你的媽媽菜在哪兒學的？」我說：「心傳。」

一日和女兒談起愛情，她說：「我不喜歡那些花俏的婚禮。」我說：「那你也需要一個簡單的婚禮，穿起婚紗走過紅毯，我在紅毯的這一邊相送，他在紅毯的那一邊敞開懷抱，令人動容更令人尊重。」女兒剛進初中時，學校舉辦活動請家長參加，我遠在萬里之外，也為了那一天趕到會場。沒有幾位家長到場，女兒依偎在我的身邊，無比驕傲。我從不會錯過女兒任何一件值得慶祝的事，也一定會送禮物滿足她的要求。我用行動告訴她生活必須極盡美好，現在我可以幫她爭面子，她必須靠自己拚到才華，將來才能得到她想要的生活。而在此之前，她要先學會自律和堅持，對生命和生活擁有敬意。

朋友要換個收入和前途都更好的工作，在辭職和不辭職之間糾結好久才做了決定，以至於新工作還沒開始就已經覺得疲憊。我說：「你請原來的同事吃頓飯吧，為你的離職做個正式點的告別。」深夜她帶著酒意打電話給我，飯局中前主管和下屬對她工作能力都大加肯定，讓她帶著自信到新公司，而且大家酒後吐真言，讓她覺得這七年每一天的努力和付出都是值得的。我放下電話，笑了。是的，沒有比這種具備儀式感的離職更完美的選擇了。正式結束，才會正式開始。

或許有人覺得這樣的儀式感有些矯情，做不了那麼周到也沒有關係。但只要你試著並且堅持去做一點，日子就會像是在咖啡裡加了塊糖，雨天幫自己畫了個太陽。你的心靈燦爛了，你眼裡的世界就大了。

做點對的事，讓別人發現你的內在美

◆

外地友人來北京，我們相約吃晚飯。在一場初秋的夜雨過後，叫不到計程車，等了很久，終於有一輛專車做了回應。送友人回酒店後，我們相擁告別，再上車時，發現司機先生開啟了全景天窗，車緩緩駛向家的方向。

濕漉漉的街道倒映著城市深夜的霓虹，瀰漫著繁華又安然的氣息。我抬頭看向夜空，那裡又飄起了微雨，窗明几淨、夜空如洗，猛然忘記了自己正在汽車裡，我說：「謝謝您打開頭頂上的窗戶。」司機先生回答：「這個時間看上去，路燈下的樹影會很漂亮。」

上車後只顧著和友人聊天，我沒有注意過司機先生的模樣，現在才仔細地看了一眼他的側影，很高大帥氣。許多車都有天窗，我卻第一次聽到有人留心夜晚頭頂的路燈和樹影。一路上我們都沒有再說話，這樣的時光只適合沉默著欣賞。世界給予我們的美景，生活給予我們的感動，讓人與人之間即便是陌生人也可以傳遞勇氣與暖意。

◆

我去上海辦事，讓那裡的朋友陪我住在飯店，她帶的東西裡除了浴袍，還有一條深色浴巾。我說：「這裡可是麗思卡爾頓，酒店內的用品可以放心使用吧。」女友回答：「我上個禮拜剛染頭髮，現在洗頭都還會有些脫色，萬一把白色的浴巾、浴袍染上顏色就不好了。我要是外出旅行或是出差，都會錯開染頭髮脫色的時間，這樣就不用帶那麼多行李啦。」

我想起她的另外一件事。她來北京時，我帶了些水果去酒店看她。那家酒店客廳的垃圾桶沒有套垃圾袋，原本我們也可以照樣往裡扔黏膩膩的果皮和果核，讓服務生第二天擦洗打掃就好了，但她還是把垃圾桶套上塑膠袋後才使用。

不給別人添麻煩是一種內在的美德，哪怕我們花了大筆的錢，也要先體貼與尊重別人的勞動和付出。上帝從來不需要重申自己是上帝，天使也從來不會稱自己為天使。在現代社會令人窒息的生存環境中，我們之所以還會相信上帝和天使，是因為總有些人在暗夜中仍默默堅守綻放華彩的善意。

◆

我認識小艾十年了，她剛剛再婚，是她的第二次婚姻，之後她跟先生去了他的家鄉，一個生活安逸的小城鎮。我偶爾會在微博上看到她幸福的小日子，自拍中的她也一改當初城市女漢子的模樣，完全是一副小鳥依人的狀態。

然後有好長一段時間不見了她的蹤跡，忽然接到她的電話時，她已經回北京一年了。我們七年沒有見過面，時光卻並沒有在她的臉上留下太多痕跡，相反我卻看到了一種更淡然的美。她離婚後再回北京，工作和生活都穩定了才和朋友聯繫。我也大概猜出她的經歷，但她隻字不提過往，只是說：「前任並沒有傷害過我，他們真誠地愛過我，又都以婚姻相許和青春作陪，沒有相伴到老是我自己的選擇，和別人無關。」

我見過太多號稱被別人傷害或是迫害的人，愛情和婚姻在那些人眼裡幾乎成了工具，生存和生活也彷彿成了自虐神器。小艾從來不是那種美若天仙的女子，但她在愛中日漸變得寬容和漂亮起來，用內在的美好抵住歲月痕跡，讓自己的外在也容不得別人忽視和錯過。我一直相信小艾不會迷失在痛苦中，她自己有能力滿血復活，男人的愛永遠只是她生活裡的錦上添花。

◆

多年前去網站錄製一檔讀書節目，那時候的我不過是個在新浪寫博客的業餘作者，而一起做節目的則是位擁有無數粉絲的知名作家，我也是她的讀者。

她提前十五分鐘到達網站錄影室，先是稱讚我前一天更新的文章寫得非常棒，然後又把美女主持人誇了一遍，再向攝影師等工作人員一一道謝後才就座。節目錄製中她妙語連珠，博學多才又極具親和力，回答問題一針見血，臉上卻始終帶著微笑。錄影結束後，主持人的手提包遺落在座椅上，已經走到門口的她看到了，又回過身走去拿了手提包，再交給主持人。

在人際交往和男女情感互動中，我們身上最吸引人的就是無處不在的謙和，這種內在修養盡顯人格的高貴，散發出的魅力甚至可以養心育人。你的一舉一動才是內在最真實的體現，你做過的事情比你說過的任何一句話都更具備說服力，內在漂亮的人生不需要言語解釋。

我們應該去理解「以貌取人」的積極之處，為自己曾經粗糙的外在、淺薄到讓人不屑一看的內在而羞愧。堅持做一些能讓別人發現你內在美的事，為自己贏一張最漂亮的臉。

我是個捨得對自己下狠手的人，
所以任何年齡、任何時刻我都能我行我素，
從不為任何人任何事妥協底限，轉身離開就永無歸期，
當痛苦壓得左肩擔不住，就換到右肩繼續扛。

我如果痛了是活該，是我自己選擇的；
我如果幸福是應該，也是我自己選擇的。

外表溫婉、內心狂野，克制地生活在幸福深處

我原本只把青雲當成小女人，每次見面，她都是特別女性化的嫵媚打扮，說話也細聲細語。我們是彼此生活裡的朋友，相約不過是喝茶吃飯和逛街閒聊，她也從不談工作，甚至很少說孩子，手機都是靜音狀態，看起來並不忙碌的樣子。有一天，我外出辦事路過她的公司，正是快下班的時間，她讓我到辦公室等會兒，然後一起吃飯。

走進她的獨立辦公室，坐在沙發上，CBD（Central Business District，中心商務區）就在窗外難得的白雲蒼狗下，看到有職員進來畢恭畢敬地叫她「總監」，我忽然覺得青雲是另外一副樣子了，職場的幹練風采同樣不輸小女人的恬淡。她有在美國讀研究所時認識的丈夫和六歲的兒子，也說過婆婆住在家裡幫著帶寶寶，雖然生活習慣諸多差異，但她還是會在逛街的時候給婆婆買東西。每年她有一個多月的時間是沒有蹤影的，朋友圈裡也最沉寂，但我會收到她從世界各地寄回的

明信片。她一年外出旅行兩次，一次是和家人，一次只和自己，她說：「一個人看世界，會因為有個家要回、有人在等你，更懂得珍惜每一寸擁有。」

我從青雲身上看到的亮點就是她的自我克制，工作和生活可以分開，家庭和個人也可以分開，於是其中的快樂和煩惱也能夠分開面對，不會彼此影響，亂成了一團。從偏遠鄉下走出來的青雲能擁有現在的一切，不可能沒有過痛不可支的經歷，以及前途未卜獨自支撐的暗夜。但她只訴溫暖不言傷痛，只說得到的不談失去的，是公司高級主管卻不居高臨下，當人家的妻子就溫婉寬容，做人家的閨蜜就謙和貼心，當一個世間的女子，就要自己去看遍世界。這一切外在的淡定都源於她內在的克制，當斷則斷、毫不猶豫，控制不了別人就先控制自己。該做的能做的事情拚盡全力，失敗的後果咬牙吞下，調整座標從頭再來。

如果你沒把經歷過風雨磨礪當成是一種幸福，那我只能說你的生活不過是種無趣。有資格說「歲月靜好，簡單是真」的人，他們內心世界的斑駁和強大非同一般。學做一個成功的平常女子，在愛和被愛中充分享受凡間的煙火生活，遠比去學做什麼成功女性，崇拜追求所謂的輝煌人生要有意義得多。讀了萬卷書不行萬里路，你或許只是個書呆子，行了萬里路卻不讀萬卷書，你又或許只是個郵差，而讀萬卷書又行萬里路，讓我們瞭解世界的豐富與博大，因生活的得失與情感的離散皆是緣起緣散，最終學會控制自己的情緒，克制自己的行為言談（甚至包括思想），讓一切先寬廣起來。

如果你還沒有得到很多很多的愛，就去為自己賺很多很多的錢，不要在別人的嘴巴下、眼睛裡浪費自己的時間。

弱點的勁敵就是自我克制，自身的弱點才是所有困惑和傷痛的元凶，即便看似別人的問題，比如輕信謊言、遭遇奇葩、職場困境，如果不是自己疏忽或貪心計較，就不會出現事後的捶胸頓足和困惑糾結。克制和堅持都是內涵的修持，也是我們馳騁職場又逍遙情場最具現實意義的祕笈。

不愛不該愛的人，不留要走的心，不求沒用的人，不做不能做的事，不輕言放棄也不盲目堅持。沒有底限最終會淪陷自己，沒有尊嚴最終會失去價值。而自我克制最難得的就是，即便你明明有條件去做，也不去做。為什麼？為了把更好的自己完完全全獻給最美好的生活啊！

你有需要付出的情感，你有家庭、共同成長的閨蜜，不缺溫暖不缺吃穿也不缺錢，但仍會為一件新衣、一雙美鞋歡欣雀躍，為面前可口的美食一掃生活的陰霾，也會因為一部電影或一首歌瞬間就原諒了整個世界。你從不計較眼前的那點得失，從不大驚小怪，卻每每會被眼前一些細碎的美好感動，並因此保留了純真與簡單，這些都是外表溫婉、內心狂野的女人，自然流露出的心性華彩。

溫婉，是女人面對生活的姿態；狂野，是男人面對世界的雄心。兩者合一，你就天下無敵，桃花馬上石榴裙，引得英雄競折腰。

小姐，這個城市從來不缺動得欣賞你的男人，更不缺那種喝不飽的心靈雞湯，缺的不過是你的克制和堅持，你的接受與改變。你內心強大，像男人一樣思考，卻要堅持像女人一樣生活。你知道改變是殘酷的事情，好多人都變成了原本不喜歡的樣子，所以你讀書旅行走了好多好多的路，慎獨慎行、發掘性格裡最閃光的部分，不迷失最初的自己。滿大街都充斥著焦慮、不信任、醬油色的臉，你卻錦衣夜行走成了風景，那種克制和坦然才是女人最缺乏的精神。你這樣的女子如若孤單，那是男人的悲哀。

就算現世讓人絕望，也不要再往絕望的湯裡加一勺自己失望的水，絕望也不做失望的事，才能護得我們現世安穩，克制地生活在幸福深處。

你不滑手機，約會就有趣了

和女兒一起外出吃飯，電扶梯拐彎的地方有個大柱子，迎面一對情侶手拉著手正走過來，另一隻手都拿著手機低頭看，根本沒注意到我們。轉彎處狹窄，我們停下想讓情侶先過，結果男孩也沒看到柱子，眼看著就要一頭撞上，我只好伸手擋了下他。他碰到我的胳膊終於停下來，道了謝又繼續拉著女友低頭繞過，女兒偷笑：「我猜他在和女朋友互發訊息聊天。」

我想起之前也有朋友說起，和丈夫之間常用電子郵件談事情，閨蜜間不見面的時候打字也比說話多，幾位八〇後和九〇後更是有「電話鈴聲恐懼症」。在這個便利的網路資訊時代，我們有了更多的交流方式可以選擇，卻唯獨面對面說話的時間與耐心愈來愈少。

我們坐在餐廳裡吃飯，旁邊那桌是對中年男女，除了吃東西就是看手機，全程無任何語言交流。兩個人直到離開只跟服務員說了幾句話，其餘時間一手拿筷子一手拿手機，像老夫老妻，卻又少了那種親密感，因為他們的目光從未離開過手機螢幕。我看著自己也習慣放在飯桌上的手機忽然無比厭惡，如果一個男人看我的眼神還不如看手機熱情，那就是我該放棄的時候了。

我反思自己，近年來低頭看手機的時候也漸漸多了，儘管我曾經嚴重鄙視這種行為，但因為大家都喜歡用手機打字聯繫，我也不得不在和別人約會的時候說：「抱歉，我需要看一下手機。」如今不管大家熟不熟，有沒有見過面，都喜歡問這一句：「加個好友吧？」

劇院裡，臺上的演員演繹人間百態，臺下的男士在不停回覆訊息，還把手機湊到耳邊聽語音。他或許覺得聲音小不會影響別人，卻不知道臺下昏暗的觀戲環境中，他閃亮的手機螢幕多麼刺眼。在國家大劇院音樂廳裡，前排男士手中一直拿著手機，還不時舉起來仔細看看，然後更仔細地去低頭打字。旁邊的女士則不時舉起手機拍照、錄影、發訊息，光線不夠亮時還用閃光燈，中場休息又用語音和朋友聊著剛剛發到朋友圈的音樂會影片。自從有了社交媒體朋友圈，我們終於又多了個全方位展示自己的地方，只要你不在乎「隱私」兩個字，多「隱私」都有人按個讚。高格調的後面，是對演出過程中不能拍照的置若罔聞，是對表演者的不尊重，是給別人帶來不快，只方便到自己的低格調。

生活中有多少個我們都是如此？坐著、走著、看著、聽著，都要拿出手機不停往下滑。所有人都要求別人對自己一心一意，但自己表現出的又都是心不在焉，有時候或許是無心之舉，更多時候則是根本不知道什麼才是重心。唯有掌控好自己的生活，我們才能擁有足夠的時間去經營情感和享受生活，忙到沒時間並不代表你成功，只能說明你缺乏控制自己的能力，換句話說，這樣的你並不值得別人信任，不論是工作還是感情。

所有人都在感歎生活中少了有趣的人，自己卻在用滑手機這件最無趣的事，與那些最值得堅守的情趣擦肩而過，久而久之，我們的臉還不如手裡那支手機光鮮，真是無趣透了。

還會有人說：「不注意手機，怎麼搞好人際關係賺到錢？」但我們離不開手機的理由無非都是：要享受生活、回報家人、養家養孩子，都是無私的大愛無疆。只是結果卻往往是：沒時間享受生活、家人一年見不了幾次、冷落疏離了另一半和孩子，全是自私的偽成功學。

當你遇到困難的時刻，打開你的手機通訊錄，能找哪個人幫你？你難過到想找個人陪的時候，看看你的朋友圈裡有誰可以隨叫隨到？我常常被那些號稱有幾百人的朋友圈弄暈，不如刪除無關緊要的人，當你不需要別人按讚，朋友圈裡或許才會有真正的朋友，能為你的每一次收穫高興。

我曾經請一位助理幫我編輯公開貼文，對方剛畢業、想法多，原本是件好事，但很快就有了新問題，總是不分時間傳訊息或打電話給我談「大方向」，又喜歡問「為什麼」，弄得我一度放不下了手機。一天我正和朋友約會，手機開了靜音，卻看到訊息提示不斷，我已經提前告訴助理我下午有約，但對方卻理直氣壯地回覆：「你在外面也可以看手機啊！」那一刻，我決定要換助理了。用這種讓自己停不下來、假裝忙碌的方式折磨自己不說，還要藉口工作綁架別人的時間，如果工作利用網路的便捷，不分時間插足生活，我情願拋棄這種所謂的方便，回歸我努力堅守的平靜日子。

我從來就不為了追求成功去做某一件事，而是為了讓自己變得更好一點，才去選擇做某一件事，就算絕望也能鍛煉自我。夢想其實是一件易碎品，既不能為你遮風擋雨，也不能為你添衣保暖，相反為了它，你還要承受更多的磨難與迷失。我沒空抱著手機不放，是因為要去讀書、旅行、戀愛、聽音樂、看電影，以便我能認識這個世界，讓自己的內心日漸強大，能夠保護我的夢想不被別人踐踏，能夠原諒或是根本無視身邊的種種刁難。你不需要用手機去維繫某個人和某件事，因為你獨立存在的本身，就已經取悅了那些真正需要你的人和事千萬回。

當我再次被手中滑落的手機砸到臉，我決定睡前絕不看手機了，為顏值珍愛自己，留點漂亮談戀愛用；當我享受下午茶卻聽到朋友手機聲不斷，我決定在所有的約會時都把手機改成靜音，為生活珍愛自己，留點情趣取悅自己。

你不看手機不發朋友圈，約會就有趣了，看著對方的眼睛不說話也是一種重視，努力做好手邊事，不忙碌也是一種承諾；當我們願意只珍惜當下生活，不畏將來也是一種執著。

問時光要一張漂亮的名片

格子從來都以「女漢子」自居，穿著隨便那是她的風格，有點邋遢那是她的個性，不拘小節那是她有大爺的心，喜歡攻擊身邊所謂的「綠茶婊」、「咖啡婊」等一群人。我當然也是不入女漢子法眼的，生活中我喜歡的那種儀式感，在她眼裡簡直就是裝模作樣到家了。格子對我前段時間的一篇文章也極度不滿。在女漢子眼裡，獨立不是為了給別人看的，醜不醜也是蘿蔔青菜各有所愛。我說：「你那麼獨立不也是要遊走人間，各有所愛也得有張好看的臉啊，蘿蔔也有白不白美不美之分吧？」格子回答：「難道女人就一定要嫁個男人才是好啊?!」

我漸漸發現和格子聊不下去的問題在於，她這種「女漢子」對自己和對別人永遠雙重標準，怎麼說都是自己有理。我說要一張漂亮的臉，她說女人不一定要嫁男人；我說愛情是錦上添花，女人有很多種生活選擇，她一見面就問有沒有好男人可以介紹；我說和男人要有距離地相處保持神祕感，她說自己一堆好哥們的女神都是綠茶婊。

格子身邊不缺男人，他們經常一起去看比賽和聽演唱會，用她的話說：「我不是沒有男朋友，其實個個都是男朋友。」別的女孩曾經羨慕她總是能和男人打成一片，從來不缺人陪著吃飯、唱歌和熬夜。有一天，我看到格子破天荒哭了個稀裡嘩啦，原來她的一個好哥們兒向別的女孩求婚了。我不解問道：「你到底是喜歡還是不喜歡你的這種所謂哥們兒？」格子哽咽說：「不喜歡能成哥們兒嗎?!」這次，輪到我風中凌亂了。

雖然自稱女漢子，不屑小女人式撒嬌諂媚，用無比強悍的姿態把男人弄成哥們兒，一邊又渴望愛情。男人未必就把你當成漢子，最多也就是個偽漢子。最無意義的就是這種，揣著連男人都不如的審美，說著和男人一樣的黃色笑話，過著比男人還男人的日子，苦心經營的形象一點都不好看，再自黑也不好笑。在公司同事眼裡，格子是個不討喜的主管，處處表現得比男人還男人，職位不高但脾氣很大，所謂的高標準都是去要求別人，所到之處一片肅殺，忙得風風火火，但升職加薪卻輪不到她。

這種漢子狀態時間長了，再加上一直單身，格子就有些變了，總是帶著一臉戾氣，說話愈來愈偏激。她之前以女漢子自居，現在卻開始抱怨男人都沒有好東西，「天下烏鴉一般黑」。鴉本來就是黑的，但除非你自己也是黑，你經歷的情感、遇到的男人、眼前的生活狀態也才都是「一般黑」。

格子從女漢子變成了更強悍的怨婦，她的內心從沒有真正強大如男人，只是追求外觀男性化，這不是女性的進步，而是面對紛雜社會，一種錯誤慌張的抵抗，會敗下陣來一點也不意外。當某些女人在諸如此類的「強悍」裡裝到不知所以的時候，男人先矇了，要麼肆無忌憚地以為你就喜歡這樣過著，要麼遠遠逃離以為你就喜歡這樣單身著。

戾氣就是什麼都喜歡走極端的一種心理，比如動不動就大發脾氣，對一些小事也要弄到一場殺伐、硝煙四起。我當然能理解某些女人強悍的原因，很多事情不得不靠自己硬挺，會養成女人愈來愈堅硬的處事作風，不懂得在適當妥協裡才會有更廣博的愛，快樂幸福裡也要有相互成全的一些放棄。忘記柔軟才不易被折斷。你可以堅強，但不必連自己的脆弱都偽裝成強悍。固執著不肯改變的，常常是一顆很難被溫暖的心。男人不會靠近，因為他們向來怕麻煩。

「漢子婊」成了女漢子們最容易患上的一種病，原本女人有顆漢子心又不失女人味，是一種新的人生境界，可空有一身男人的外表，內心只對別人硬對自己軟，處處活得用力過猛，這才是「漢子婊」現實的悲哀。

國內盛產這種看似強悍實則哀鴻的女性，原因固然和傳統文化有點關係，但關鍵還是現今的女人在社會變革中，情感上的選擇也愈來愈不知所措。離不開錢，卻還要和愛牽扯在一起；叫著獨立，卻不知道獨立的真正意義；愛男人，卻不知道男人光有愛是遠遠不夠的，而男人的種種需要，也總歸要靠他們自己去努力追尋。如果女人不知道怎樣享受被男人愛的好處，就不要去跟著瞎分擔什麼沉重，有時候男人不需要，女人也擔不起。

女人強悍點本也沒什麼不可以，但忍耐式的苦撐堅強，以及黑烏鴉般的偏激言論，會暴露你更加脆弱的內心。漢子婊，不太成功的一邊努力、一邊焦慮，貌似成功的又一臉戾氣。據說「漢子婊」是「綠茶婊」的反義詞，如果非要情場上PK，即便「綠茶婊」被詬病千百年，還會是男人的心頭癢。

我們在成長的過程中會變得更美或是更醜，因為歲月沉澱出的氣質終是如影隨形，誰也不可能例外。相由心生，時光會給每個人一張名片，境隨心轉，生活會善待那些漂亮的臉。

當你真正開始會愛自己，就會因此得到更多的愛，
然後還要儘量分享出去，或許並不知道誰會受益，
但依舊要身體力行去證明，這是一個有愛有溫暖的世界，
你的孤獨，有人懂。

第二部

沒有人陪你顛沛流離，你就做自己的太陽

走過歲月，愛過之後，我們的人生都不需要解釋，

即使曾經的委屈成河，曾經的傷痛血流遍地，

也要讓它靜靜地流過時光。

我們應該感謝那些愛過我們的人，

也應該遺忘那些曾經惡劣對待過我們的人。

能認真洗衣做飯的人，都閃閃發亮

北京只有在大風過後才能展現藍天，週末的陽光明媚起來，讓人連賴床都捨不得。起床第一件事就是打開各個房間的窗戶，迎進新鮮的氣息。陽臺上晾著昨晚洗淨的衣裳，拉開窗簾讓陽光照進來，那些衣裳上也馬上有了光澤，沾上了太陽的味道。即便是晚上，睡前我也要把客廳裡的沙發和桌子整理清爽，為的就是在這樣美好的早上，當我起床走出臥室，可以看到家是一副整潔、安寧的模樣。

我是個喜歡洗衣、做飯、理家的人，再奔波和忙碌的日子也會盡力做好這些事。衣要有衣的美妙，人要有人的精神，家要有家的樣子。我的人生也經歷過外人眼裡看似漂泊動盪的日子，在不是故鄉的城市間輾轉，從自己的房子到別人的房子，但每到一處我都認真做好這三件事，從未疏漏也從不懈怠。

經年之後，有人問起過去，我回答：「之前不論發生過什麼，現在的我都能夠用快樂幸福做總結，即便我選擇的是一條彎路，那些多出來的旅途，有時候也漫長到舉步維艱，但堅持下去才會有奇遇。」

好多年裡，我堅持做好手邊的事，洗衣、做飯、理家，和境遇無關，和金錢無關，和男人無關，只和自己有關。於是我一直有溫暖的家，穿乾淨的衣，睡整潔的床。安全感從自己心底升起的時候，外面再大的風雨也不怕，誰離開我都可以，我亦不會說再見。安穩的睡眠讓我有顏值可拚，豐盈的內心就是最實用的才華，而這些好習慣的養成，都源於生活中最簡單的事情。

我從來都不認為一個不會洗衣做飯、不會好好照顧自己、住在亂糟糟房間裡的女人，能有多少真正拚得起的顏值和內涵。活得粗糙才是我們的損失，會因此錯失生活中細碎的美好；活得無趣更是我們情感上的遺憾，不解風情無法體會和感動，就不能真正進入愛情這件事。那麼多的人都說不相信愛情，其實就是自己活得粗糙又無趣，實在是配不上好的愛情。

「能認真洗衣做飯理家的人，都自帶著一種光芒，沒有人照顧你的時候，你就要好好照顧自己，養好了自己的胃，你的心就有力氣去過你想過的生活了。」這是我媽媽當年告訴我的話。她從沒有說過我一定要嫁個男人有個依靠，而是一直強調我要擁有自己的能量與微光。所以不論何種境遇，哪怕身處暗夜，或是遭遇淒風冷雨，我也一直都記得要好好照顧自己，哭了笑了累了疲了，我也認真洗衣做飯和理家，做好一切手邊能做的事，去等那個晴天。久而久之，我又有了照顧別人的能力，只是信手拈來，根本不必刻意為之。當我看到眼前人也穿乾淨的衣、睡整潔的床、回溫暖的家，我覺得這三件最簡單平常的事情也是我的才華，並且已經成為我身上獨一無二的光。

我的生活和情感之所以快樂多於痛苦，幸福勝過坎坷，那是因為我從來都是活給自己看，甚至根本不需要不相干的人瞭解我，沒有解釋也就不需理解。多年後我漸漸平靜，漸漸簡單，漸漸溫柔，遠離了虛榮比較，遮罩了嘈雜喧囂，時時扔掉一些無用的物和人，苦不說痛，享受寂寞吞下孤獨，才終是看到了自己面對生活和情感的赤膽忠心，於是才能更深刻感受到「希望是件美好的事情，並且一直存在我們周遭。」

細節其實是我們為自己營造的一種生活意境，以小襯大、以少勝多，先是悅己才能醉人。精緻則是一種有情趣的生活姿態，你是愉悅的，你身上的光就是溫暖的，你身邊的人也是幸福的。

有時候我看到陽臺上孩子的花裙子和愛人的白襯衫，都會有深深的幸福感。我每天用心打理這些，一件件洗乾淨晾起來，再一點點熨燙整齊掛進衣櫃，第二天早上，看到他們穿在身上去上學和上班。當別的女人抱怨生活瑣碎、家務繁重的時候，我卻沉靜其中樂此不疲，在我眼裡這實在是算不上累，而是我表達愛、感受愛的一種方式，愛自己和愛家人。

早已學會不在不值得的人和事上浪費丁點精力，所以我有時間做自己喜歡的事情，又因此收集和儲存了滿滿的愛，靜靜釋放給需要的人。眼裡沒有小事情的人，心裡也不會有大夢想，嘴上天天努力的人，往往最過不好自己的小生活。

不要小看生活中的平凡小事，如果是個好習慣，你堅持下去，就必然會因此受益，包括讀書、健身、工作、夢想、愛情等等。要知道，你的某種堅持，久了就會成為你的信仰，而一個有信仰的人，才能堅守底限不越雷池一步，最終過得更幸福安寧一些。信仰是心靈的產物，即便沒有宗教和政黨，人同樣可以擁有信仰，那是我們人生路上的燈塔。

命運把每個人的眼前路都鋪成一片風景，你一直看不到，是因為你從未走出過自己的那口井；愛情為每個人都選好了另一半，你一直沒遇到，是因為你的粗糙無趣蓋住了你的光芒。你不肯好好愛自己，就不會有人來愛你，你不願相信有奇遇，你的人生就只剩崎嶇的彎路可走。

女人的格調比男人更重要

她和他認識兩年，第二年的春節兩個人在北京度過。他是北方男人，所謂豪放在她看來，就是朋友相聚的時候，那種喝酒的能量。要靠身邊的人把醉酒的人弄回家，再看著他們或抱著馬桶起不來，或大哭大笑說不停。他屬於後一種，雖然很少醉成那樣，但見識兩次後她還是心生了失望。她跟他談起這個問題，他卻不以為然，總是說：「放心，我心裡有數，男人之間喝點酒很正常。」

她不會用菸酒去消愁解恨，良好的家庭教養和獨立生活的經驗，教會她咬牙挺過——在暗夜中等待曙光的姿態，也要體面和有格調。她是個有格調的女人，寵辱不驚，拒絕隨波逐流，有錢和沒錢都保持自己的生活方式。南方人口中的「格調」就是北方人說的「範兒」，兩個異曲同工的詞濃縮了一個人是否有自信、有品味、有情調和受歡迎。

暫時買不起城中的房，她就租住在離公司不遠的公寓，雖然租金不便宜，她卻省下很多上下班的時間，可以每天回家煲一碗養顏養生的湯。公寓良好的保安系統給了單身女子安全感，而明淨的大廳，有教養的鄰居，養護周到的花園魚池，也可以讓她心情愉快，平靜度過獨處異鄉偶然最深的孤單。她已經努力長成了一棵樹，有自己的美麗姿態，不再依靠亦不再尋找。

他原本是她喜歡的樣子，意氣風發也細心體貼。但最近一年事業諸多不順，讓他喝酒的頻率高了點，也不再健身不再結識新友，常宅在家裡幹些不該他這個年紀幹的事。她知道他還有更深的傷，童年時缺失父母家庭的關愛引導，讓長大後的他成了一個渴望更多溫暖的人。但他始終無法真正跨越童年的陰霾，以至於成了一道不能觸碰的傷，表面看似已經癒合，但下面還很柔軟，一碰就出血。醉酒後的他會將此種痛楚表現到極致，清醒後又會因為後悔痛上加痛，失了體面，就會積蓄更多負能量而無力自拔，這也是她對他日漸失望的原因。

那年春節假期，受他朋友相邀，兩個人去郊區做客。飯桌上她提醒他不要再多喝，已有些醉意的他立馬翻臉，謾罵她不給自己男人面子。朋友家的孩子還小，妻子見此情形趕緊抱著孩子躲進了臥室。深夜十點多，在朋友的幫助下他們上了一輛計程車回家，但車沒開出去多遠他就鬧開了。他伸手開車門還打罵司機，司機停下車不願再走，說要報警。她只能道歉拉他下車，他卻賴在車裡幾次把她踹倒在車門外。司機想過來幫忙卻被她謝絕，因為她擔心的是，司機如果被他打傷麻煩會更多。她還不忘把他的手機、錢包、鑰匙一一收起，先放到自己包中，丟了這些更是傷錢和添亂。她好不容易把他拖下車，又給了司機兩百元洗車的錢了事，她終究不忍心讓他大過年的被帶到派出所醒酒。

那晚冷空氣來襲，七八級的大風中，他看到有車來就衝過去攔，她拚盡力氣拉住他以免闖出更大的禍事。她和他在深夜的十字路口拉扯、廝打、摔倒、爬起，整整一個小時，直到他又一次嘔吐後癱倒在地。在周圍不時傳來的新年爆竹聲中，她整理了衣服和頭髮，說道：「別再鬧了，我們必須叫到計程車，因為這個城市裡現在沒有可以開車過來送我們回家的人！」是的，她拿著手機卻找不到此刻可以打的那個電話，只有計程車公司。直到終於有計程車回應了她，此時她也只能把他帶回自己家，至少那裡還有值班的保安小哥可以幫忙。

他在第二輛計程車上又吐了個一塌糊塗，紙巾早已用完，她不得不悄悄褪下自己的T恤擦拭，儘量讓計程車司機不感到那麼噁心。她當然會給人家經濟上的補償，但出這樣的事情還是讓她覺得體面盡失，很過意不去。好不容易弄進了家門，他突然幾腳把鞋櫃踢壞，只穿了件汗衫跑向電梯口。她怕他凍死在外又拉回了他，只是這一次，換得的是他惡狠狠對自己拳腳相向，這次她只能報警。

員警上來的時候家裡一片狼藉，他躺在其中呼呼大睡，看到她臉上的傷，問她要不要去醫院，她搖了搖頭只是輕描淡寫地說：「我們是朋友，他喝醉了酒，我擔心他睡在大街上，現在請你們把他帶走吧，他並不住在這裡。」她把他的手機、錢包和鑰匙交給了員警後，才鬆了口氣，至少今晚他是安全的。其實，任誰的人生都會遇到一些困難的階段，愈是如此，就愈要謹言慎行和保持清醒，才能避開禍不單行。

早晨六點，他來電了，他酒醒了，她卻不想再聽。她起床關上手機拉開窗簾，一夜大風過後，城市的曙光很美，昨晚狼藉的房間已經被她收拾乾淨，像是什麼都沒有發生過。她沒有憤怒和痛苦，甚至整個過程都沒有掉一滴眼淚，那一刻，她的心裡只是充滿了深深的失望。她從不認為酒精能讓一個有理智的成年人陷入混沌，只有那些喪失了底限和勇氣的懦夫，才會讓酒把自己變成魔鬼。

她換上漂亮的衣裳化了淡妝出門，還要去公司值班呢！她一貫的格調就是對生活最大的敬意，任何時候都不會丟。自己的痛苦唯有自己有能力消化，當現實赤裸裸地告訴你必須面對的時候，除了微笑，還是微笑。

所謂的面子，都是自己弄丟的，很多的愛情，都是在失望中流離失所。有時候我們能夠挺過生活的艱辛，卻不能忍受深愛著的那個人日漸頹廢，因為愛情可以陪伴我們追逐夢想，卻終究無力陪伴一路逃亡。世態炎涼總是在你到處展示不堪的時候，才會變本加厲，而那些格調和那些態度，有時候是我們應對傷痛和回擊冷漠最好的武器。生命中最艱難的階段不是沒有人懂你，而是你不懂你自己。

生活告訴我，除了快遞誰都不必等

和女性朋友共進晚餐，此時手機響了，我拿起來接聽：「您好，嗯……那你今天晚上不幫我送過來了呀？哦，這樣啊，那好吧，明天一早送，說定了，我等你，謝謝。」

我放下電話的時候，朋友笑咪咪地盯著我：「是誰啊？讓你那麼溫柔地說話，早上十點之前不准打電話吵你，別人遲到超過三十分鐘就走人的大小姐，居然願意一大早在家裡等人？」

我翻出手機通話記錄給女友看，上面是「順豐快遞」四個字，旁邊還添加了一幅小火箭的圖，朋友瞬間飆了高音：「你、你等的是快遞小哥啊?!」「有那麼好笑嗎？除了快遞，真的沒什麼值得我等啊！」

朋友好不容易控制住自己笑得合不攏的嘴：「你說話那麼溫柔幹嘛？我還以為你有了新歡！」

我嘴裡塞滿食物說：「我這種連蔬果都要網購的人，當然要對快遞小哥好，我指定信譽好的快遞公司，物件從沒差錯，晚上九點多了，人家會為我迫切等待法國郵購，還要加班送貨，剛才他摩托車壞了還跟我請個假……而且他看過我剛起床開門時的素顏亂髮，我接過包裹時的滿臉貪婪……」

我一本正經的話還沒說完，女友已經笑到花枝亂顫，一副不行不行的樣子。那家西餐廳原本很安靜，等我注意到旁邊客人時，分明看到一位男士沒有惡意地也笑著搖了搖頭。有那麼好笑嗎？生活早就告訴了我，除了快遞誰都不必等！沒有人值得等待，沒有愛可以重來，我願意等快遞小哥手裡拿的包裹，其實那是在等待我能夠擁有並且正在過著的、自己想過的生活，我當然願意為此傾注我全部的熱情和溫柔。

今年上映的真人動畫片《仙履奇緣》裡有一個情節：王子跟父親訴說他對仙杜瑞拉一見鍾情，卻被醫生告知父親時日無多，國王鎮定地站起來拍拍兒子說：「走吧，我們要遲到了，嚴格遵守時間也是王子應該具備的美德。」嚴格遵守時間的確是我們每個人都應該具備的美德，這是為人誠信的最基本表現。生活中的任何約定，原本都是我們以人格做出的一種承諾，小到吃飯喝咖啡，大到結婚承諾，遲到、失約、逃避、藉口、謊言等等都是對自己人格的損傷，傷得多了，倒楣的從來都是自己。

換句話說，一個有人格有身價的人不會輕易承諾，一旦說了就會一諾千金，在盡責的路上傾盡全力。而受到邀約和承諾的一方也不應該以成敗論英雄，不論事成不成，不論愛久不久，我們都要回應自己的理解和寬待。

生活中有太多的等待，也不是所有的等待都沒有緣由，有些事情的確需要時間來做最終決定，只是你自己要有辨識的能力，沒有值得信任的人，就沒有值得信任的等待，這句話是被前面摔倒過無數次的傢伙印證過的真理。情感世界中的諸多等待幾乎都是藉口和扯淡，比如等著他電話，等著他過來，等著他長大，等著他賺錢，等著他離婚，等著他說服父母，甚至等著他無年限地離開和等著他想明白，等他再回來愛你或是再和你結婚，都是無厘頭的謊言與笑話。

總是喜歡癡迷等待的，大部分是女人，原因無非是為了某個男人，男人卻早已三心二意。有些人根本就不值得等待，即便曾經有過愛，又有多少人真的可以做到忘卻一切傷害，讓自己的愛在同一個人身上重來，還不帶一絲陰霾？

一直說原地等待或是回頭舊愛，不如往前走，在下一個路口來一場新的邂逅，就算還是那個人，彼此也已經有了不一樣的成長，能夠承擔責任才會有幸福的明天。

男人高估自己才會自以為是，於是在花叢中反覆流連又逃避付出，不知不覺成了花花世界裡的色盲。女人高估自己才會自作多情，於是不斷錯過了時間，不知不覺只能永遠頹敗。

這是很多女人的情感狀態和婚姻真相，不管是痛苦相愛或是悽惶守望，卻忘記了女人最重要的生活信念，是怎樣優雅著老去，和愛情無關，更和男人無關，和年齡無關。

永遠不要相信讓你等的人，我情願你是獨自一人在爭取生活的機會和情感的遇見，而不是為了一個根本就不愛你或是不再愛你的人浪費時間。沒有愛可以重來，反反覆覆糾纏，往往是更深的傷害。即便你的心在他面前碎落了一地，自己也要全部撿起來，一片也不留給本就不屬於你的人。也沒有人值得你蹉跎歲月去等待，你如花般的年齡，應該被真正愛你的人分分秒秒珍惜與陪伴。

不論工作還是情感，總是讓你等的人只有兩個原因，要不是沒誠意，就是沒能力，在這個基礎上談合作，說情愛、都是無心也無用。每個人生來都是有人格有身價的，但更多的人活著活著就沒有了。我們值得努力等待的只有自己想過的美好生活，其他任何人，我們都不必等。

不愛不該愛的人，不留要走的心，
不求沒用的人，不做不能做的事，不輕言放棄也不盲目堅持。
愛得沒有底限，最終只會自我淪陷；
愛得沒有尊嚴，最終只會失去我們的價值。

沒有人陪你顛沛流離，你就做自己的太陽

「顛沛流離」在我的想法裡是個非常有意思的詞，多數人看到的是困境和漂泊，我看到的則是因為要逐水草豐沛之地而居，所以免不了離家遠行，一路僕僕風塵，也看了更多風景。漂泊，是勇者的遊戲，當年我為了愛情遠嫁北京，如今那份情早已成了頹敗的花，但現在的我比以前更好。

我的記憶裡沒有大多數人眼中的顛沛流離，偶爾我也要面對無比慘澹的人生境遇，而那都是我成長的一部分。情感給我的傷，教會我更愛自己；生活給我的痛，教會我更加努力不放棄；選擇給我的困惑，教會我除了面對只能面對；人性的薄涼，教會我除了微笑還是微笑。

我不得不說自己是個任性至極的女子，即便不再年輕，也是想走就走想做就做，一直以自己喜歡的方式生活，拒絕變成別人想讓我變成的樣子。我當然已經學會思考也長大了，但並不代表就得身不由己，我的生活我做主，既然能夠不顧

一切做選擇，承擔哪怕山崩地裂的結果也沒話說。

有時候我也會痛啊，扛不住的時候也會追著閨蜜打電話，喝茶聊天，逛街敗家，然後一笑而過。我說得很輕鬆是吧？那是你不瞭解我曾經有過怎樣的絕望。如我一般追求簡單純粹和激情極致的女子，也必然會經歷情感和人生的大起大落，這很正常，也是一種因和果。得意的時候不要太得意，失意的時候最終才能挺得過，只是這些時候我早已經學會不跟外人說，全是自己的事，何必給不相干的人添麻煩？作為成年人，我們還有很多種方式可以緩解心靈之痛，把哭聲調成靜音模式，把孤單過出恬淡的味道。最不濟我們還有書和音樂，一個會閱讀並且會聆聽的人，氣場是不一樣的，那是一種華麗的釋然和解脫。

對於我的生活方式也有人提出過質疑，說我很自私，不想孩子、不想別人等等。說實話我覺得這種所謂的「不自私」是很虛偽的表達，我捍衛了你說話的權利後，我們不必說再見就是。身邊很多號稱自己善良優秀的人，都是只會指責別人、從不自省一族，因為比較，才會感覺焦慮，因為脆弱，才會想一直依靠，因為急功近利變得面目全非，又因為所謂不自私變得矯情淺薄。

小S說：「你會抱怨，說明你自私得還不夠徹底。」而小S的「自私」無非就是關愛自己，卻絕對不是不愛別人。

連自己都不會愛的女人，跟我說如何如何愛男人愛孩子，在我眼裡都是一種失敗的人生態度。曾經看過一篇文章，大概是說很多女人在二十多歲之後就已經死了，題目或許有些極端，但道理沒什麼錯。生活中很多女性連自認為女人最美好的年齡就是二十幾歲，一旦過去了就都是豆腐渣，所以將就男人，不必努力，湊合婚姻，指望孩子，以為「平平淡淡也是真」。只是，沒看盡世間繁華的人根本不會瞭解什麼是平淡，平淡不是市井俗氣、抱怨焦慮，粗胖身材、廉價衣裳，夫妻同床異夢、孩子叛逆不聽話，而是心境簡單滿足，你獨立美好，不論單身還是婚姻都能過得快樂，孩子有自己的好時光。

你當然可以選擇多數人的生活，只是那樣的無私不會改變別人，只會改變你自己，結果或許就是你曾經最討厭的樣子。不要以為過多數人的生活就一定比過少數人的那種容易，就我的生活經歷來說，這極少數的選擇看似艱難，卻是最容易讓自己變得簡單快樂的路。用天真的態度對待整個人生，你依舊可以憑藉自身努力追尋夢想和真愛，同時又保持了初心，這才是在我們面前殘酷世界中的最佳生存法則。

如今的我仍然顛沛流離，以後或許還會繼續逐水草找尋更豐沛之地，去更遙遠的地方，這樣的過程就是我選擇的人生。年輕時的我，有時候也會害怕一個人的旅程，於是放慢了原本該繼續努力的腳步，花了很多時間在情感中反覆糾結，在婚姻裡也生出了依賴的慵懶。後來才慢慢明白，其實自己的路有沒有人陪沒那麼重要，重要的是，你的心能否為自己在暗夜來臨時點燃燈火，能否在突然而至的淒風冷雨中成為自己的太陽。這樣的人生，即便顛沛流離，相信最終也是能夠用幸福快樂做總結的。

走過歲月，在愛過之後，我們的人生都不需要解釋，即使曾經的委屈成河，曾經的傷痛血流遍地，也要讓它靜靜地流過時光，我們應該感謝那些愛過我們的人，也就應該遺忘那些曾經惡劣對待過我們的人。所謂聰明，就是我們瞭解到了人性的弱點，所謂成熟，就是我們能夠原諒脆弱的人性。

如果有人陪你顛沛流離，你也要留出時間關愛和修練自己；如果沒有人陪你顛沛流離，那你就做自己的太陽，溫暖每一寸人生。

再深情，也別丟失自己的驕傲

她和他是透過網路偶然認識的，他是個二十多歲正攻讀博士的大男孩，對情感有著諸多美好的嚮往。她是三十多歲經歷過婚姻離散的單身女子，對情感已經有了成熟的思考，看輕了應該看輕的東西，知道自己想要的是什麼。他看起來要比同齡人成熟些，應該是喜歡看書的緣故，這是兩個人共同的愛好，所以互傳訊息聊得很投緣。

有一天，他說想見見她，兩個人相約在街角的一處露天咖啡館。她坐在面向街道的位子上，看著他下了計程車遠遠走過來。他就是她想像中的模樣，帶著青春和陽光走近她的時候，她覺得自己的心也跟著燦爛了許多。他們倆居然還有很多相同的愛好，包括對各地美食的熱愛，原來他們都已經走過了很多的路，都看過了這個世界的一角。雖然她年長幾歲，但男女的成熟度有時候真和年齡沒什麼關係，一樣可以生出絲絲縷縷別樣的好感。他說：「你好可愛。」

她聽著，忽然有些傷感，因為她原本就知道，她和他即便擁有現在，也不會有未來。她的身邊不是沒有異性的喜歡，只是她還沒有遇到自己也喜歡的人，她的那份可愛不是沒有故事的單純天真，而是經歷了世事的固守堅持，是有過愛恨離散的更加執著。她沒有拒絕他的喜歡和關心，是因為一個熟女已經能夠把握其中的分寸，不是所有的情感都能開花結果，共同走上一段路也會有雲淡風輕的美好。他說：「我不知道愛是什麼，也許你能教會我。」

她笑了笑：「先不用說愛，去享受你喜歡一個人，或是牽掛一個人的感覺，好不好？」

夜幕降臨，他問：「我們現在去做什麼？」

她說：「當然是去吃好吃的，我知道這附近有家餐廳。」說到吃她臉上綻放出吃貨特有的神采，他也笑了。

兩個人起身沿著街道走過去，他發現她走在了路邊，於是很自然地攬了一下她的腰，讓她走到自己的內側。她抬起頭，看著他的側臉，暮光中俊朗有型，又帶著幾許溫柔。她覺得，那天與他見面是自己做過最瘋狂的一件事。

幾天後的一日深夜，他忽然打電話說要來找她，她聽出他好像喝了酒。她穿衣下樓，在公寓大門外終於接到喝醉的他，好不容易才把他扶到家裡。他不停嘔吐，身上的衣服也髒了，她幫他洗澡換衣，又忙著處理汙物。她怕他嘔吐嗆到氣管，就一直坐在床邊守著他，直到他沉沉睡去，她才又去清潔他吐髒了的鞋子和衣服。早晨她煮了白粥，喊醒了他，然後再送他出門。那一夜她都沒有睡，像是照顧自己家人般照顧他，她事後自己都有些奇怪，他們不過才認識了十天。

他回去後又吐了幾次，發起了燒，兩天後他在醫院裡傳訊息問她有沒有什麼不舒服。開始時她只當他是出於關心，再問下去她才聽明白，原來他是懷疑自己被傳染了嚴重的病，而他只和她在一起過。對潔身自好的人來說，這無疑是一種羞辱。但她還是做了解釋，只是語氣乾脆冷淡，他更加生氣，說今後不再聯繫她了。她覺得傳訊息吵架是件很可笑的事情，想了想還是先道了歉才放下手機，這樣做並不是因為她有錯，只是覺得他在病中免不了多想。其實這件事不用解釋也會真相大白，他什麼事情也不會有。

她刪除了他的聯繫方式，心裡還是有些難過，他們原本就沒來得及開始，所以不用特意道別。她只是有些可惜，他們曾經相約要一起吃遍這個城市的美食，一起看電影看書，他甚至都沒有時間完全走進她的生活，她也沒有來得及告訴他愛是怎麼一回事。至於他為什麼如此反覆，她根本不會去追問，即便他只是想找個藉口從一夜情抽身，她也完全能為自己的行為負責。沒人陪著等到雲淡風輕，那就自己一筆勾銷，她不是活在回憶裡的女子。

又過了一個星期，她去聽音樂會，手裡拿著的卻是兩張票。那一晚，他留在她家裡時用她的電腦聽音樂，翻到她喜歡的一首曲子，他說：「改天我彈了這首錄下來，放給你聽。」第二天她訂了這場音樂會的票，有他喜歡的樂器演奏，但因為她不確定和他能不能等到音樂會的那一天，一直沒有告訴他，其實現在這個結果並不完全出乎她的意料。音樂會精采萬分，她走出音樂廳的時候，看了看手中兩張票上的日期，他和她連第十八天都沒有等到。她笑了笑，然後把票扔進旁邊的垃圾桶，轉身離去。

多少淺淺淡淡的轉身，是別人不懂的深情，不知者也不必怪誰，情感世界沒有能和不能，只有想和不想；沒有成功和失敗，只有真誠和不真誠。男女的成熟自知，不是學會表達和解釋，而是學會嚥下和沉默，不論驚喜還是傷愁，當你終於能夠強迫自我克制的時候，才能夠駕馭自己的人生。

有人問：「你怎麼看待自己的驕傲，又為何要驕傲？」

你回答：「我的驕傲，是別人不懂的深情，沒有這樣的執著堅守，又靠什麼過好自己的一生？」

你有價值，付出才會被重視

女兒考大學時，拚到了她喜歡的科系，卻和這個學系最強的大學失之交臂，從她閃爍著淚光的眼睛裡，我看出了不開心和遺憾。我說：「如果這也能算是挫折的話，它只是你人生裡的第一個，以後還會接二連三，即便強悍如你老媽，此生也免不了會有接受、放棄和遺憾的時候。也許老天另有安排呢？雖然你進了這所大學，還是可以拚成這個專業裡最頂尖的學生。」

大學開學沒多久，女兒就驚喜地發現，這個科系有她心儀的那所大學做交換學生的名額，只是條件苛刻，除了平均分數要班級第一，還要求數學和英語的單科成績進前三。女兒繼續開啟學霸模式，甚至比高三還要辛苦，只要一回學校就沒有她消息，只有週末回家才有點時間跟我說話。如果有電影想看，我常常要提前跟她預約，如果她有學業上的事情要忙，也照樣放我鴿子。

原本是個小吃貨的她，連週末出去吃個飯都覺得浪費時間，考前的複習準備認真得讓我咋舌。原本是老師講課時不能提供的ＰＰＴ，她就用手機在課堂上拍下一共二百五十張照片，然後用掃描軟體將照片中的字提取出來，再一張張排版列印，如果遇到黑底白字沒法列印，她就用軟體變成白底黑字。考試時可以open book，她手中的這本列印出來的冊子因為獨一無二，引得監考老師也不時側目，一門別的孩子求過就好的科目，她以九十七分結業。她要爭每一個成績，重視每一門功課的每一分，為了網球課能拿到Ａ，甚至拉著老媽去學校考試場地做陪練。我這「拚媽」拚到這種份上，也是醉了。

儘管我也一再明示，她進入大學就可以自由讀書，可以和彼此喜歡的男孩去約會了，但女兒說：「我有自己的計畫，那件事暫時不在其中，你不是也說，我應該拚進更好的學校，那裡會有更優質的男生。」想起當年我一考進大學就從學霸變學渣，整日裡忙著社團活動和談戀愛，在這位九〇後的話裡，我感到汗顏。今年女兒生日那天學校公布了結果，她以數學和英語單科班級第一、平均分班級第一、全學院第一的成績，為自己拚到了交換學生的名額，總分比班裡第二名的男孩高出了五十分。老天真的另有安排，而這次女兒抓住了機會。

常有人說：「女孩不需要那麼努力，找個好人家嫁了比什麼都強。」身邊很多女孩也是如此命運，上了那麼久的學校，讀了那麼多書，還是回到自己出生的城市，平凡工作，結婚生子，洗衣做飯，陷入世俗的生活，一日日老去。看多了這樣的故事和結局，更多的人在問：「一個女孩到底要不要活得那麼拚？」我對女兒說：「你當然要拚，而且要一直和男孩們保持同一片天空，同一個高度。」

至於我們為什麼要如此堅持，就是為了將來即便卸下翅膀回歸平凡，洗盡鉛華做羹湯，一樣的工作也有不一樣的心境，一樣的家庭也有不一樣的情趣，一樣的後代也有不一樣的教養。情感世界也是如此，愛一個人最好的方式就是先努力經營自己。不是你拚命對別人好，那個人就會一直愛你，俗世的愛情更為現實，你拚出了自己的社會價值，你的付出才能被別人重視和珍惜。

多年前，一個富豪級的男人曾經跟我說過這樣的話：「女人一定要有自己的工作，賺多少錢無所謂，必須是自己喜歡的事情，並且至少也應該有一兩樣能稱得上愛好的愛好，她有了價值感和成就感，對男人才會展現女人天性裡的溫柔和寬容，而男人會尊重這樣的女人，不論這男人有沒有資格去愛她，遠遠看著也是賞心悅目的。」

女兒又要去一所新大學了，她問：「我還要做什麼準備？」正在健身腳踏車上騎到忍無可忍還在忍的我，看了她一眼回答：「你再減十公斤體重吧。」是的，她拚進了最好的大學，除了有幸聆聽專業頂尖的老師授課，還會接觸一些更優秀的男孩和女孩。歷朝歷代都看臉，而現代社會顏值和身材更能反映一個人的修養和自制力，從而為你贏得好感、信任、愛慕，甚至是發展的機會。

沒有人有義務透過你邋遢的外表發現你優秀的內在，你必須乾淨整潔，甚至要精緻優雅，這是我們做人的基本素質和尊嚴。說喜歡看漂亮臉蛋的人惡俗，要麼你真沒什麼外在可看，要麼你真沒什麼內在可講。

女孩，你要有價值，你的付出才會被重視，你要有愛的能力，你的愛情才會被奉若珍寶。一定要記住，你現在所做的一切都是為了你自己，為了獲得自我的滿足感和幸福感，任何時候都要一無所懼，只有努力才能讓自己的世界心安。

對人頤指氣使，丟臉的是你自己

S是位「不高興小姐」，留學回來後對國內職場和生活環境都極為不滿，出門必戴口罩，對同事也頗為傲慢，上司欣賞她，下屬卻會拆她的臺，讓她的業績受影響。她跟我抱怨在北方城市的種種不習慣，吃個飯或是喝個茶也對飯店的服務很挑剔，動不動就要叫領班喊經理。雖然飯店服務確實跟不上昂貴的價格時，跟值班人員投訴也沒有什麼不對，可她似乎也沒有什麼心情享受好服務，別人做的任何事情她都不滿意，也會直接影響到她的情緒，她的臉上一直寫著幾個大字「我今天不高興」。

一次約會我早到了，S小姐帶著同事還在和客戶談工作，我就坐在了旁邊的沙發上等她忙完。兩位客戶走了，卻聽到S小姐數落同事的聲音愈來愈大，大概意思是同事剛才說話時有諸多不妥，S小姐的語氣咄咄逼人，女同事一直紅著臉聽著，直到S小姐說：「我認為你今天的衣著也不合適，既然約在飯店，穿得水準高點行不行啊，我昨晚就提醒過你……」

女同事忽然站起身，然後又仔細看了看還要說話的S小姐喊道：「你還是先去廁所照照鏡子吧，你的臉上已經生出橫肉，眼神刻薄到沒朋友，穿了一身的名牌還是醜死了。」

同事說完頭也不回地走了，我這才走過去坐在她旁邊。S小姐臉都氣白了，許久才看著我問道：「我醜嗎?!」

我笑了笑：「你謙和點橫肉就會消失，常微笑眼神就會柔和，但現在的你確實不好看。」

S小姐還是忍不住怒氣：「我這也是為了工作就事論事，讓她學會禮儀是為她好啊。」

我擺了擺手：「你這不是就事論事，你是在指責人家沒禮貌，偏偏用的又是最沒有禮貌的方式，你回國工作一年，不高興的原因不在於北京的霧霾和同事的蠢笨，而是因為你處處強調高級的同時，自己卻是很低級。」

前幾日有位行銷部門的同事來聯絡業配文宣傳事宜，然後又辛苦做好了文案，發在群組裡，客氣地讓各負責人過目。文案這件事本就帶著作者的個人喜好，能做到大家都覺得滿意就已經很不錯了，我看到前面先回話的同事都在誇讚，卻唯獨有一位發言道：「我不能接受，這文案水準太低。」行銷同事回覆：「要是覺得不妥，發布之前自己刪除不喜歡的文字就好。」然後大家接著商量上線的日期，沒人再接這位「高水準小姐」的話。

又過了一會兒，她說不參加了，接著就退出群組。組織者事先徵求過每個人的意見，加入此群的是同意參與者，各自的公開貼文都擁有眾多讀者粉絲，其中有人比「高水準小姐」的追蹤粉絲數多，比「高水準小姐」追蹤粉絲數少文字卻不遜色的也有。每個人都在信守約定，在向主事者說「謝謝」的時候，唯獨「高水準小姐」完美展現出一副低水準人生的標準配置：沒禮貌、缺教養、無信譽、傲慢膨脹，又脆弱無比。

在「四海之內皆你後媽」的社會環境下，「不高興小姐」和「高水準小姐」都是屬於醜到別人懶得理的那一類。別提什麼才華了吧，才華這件事每個人都有點好嗎，在城市乞討到鄉下蓋三套房的乞丐，也有屬於他的「才華」。現如今都是沒本事拚臉的人才喜歡說自己有才華，都是低水準的人才喜歡裝高格調的模樣，用力過猛的人生會活得像個冷笑話。患上成功強迫症的人，外表戴著成功者的面具，事業上要唯我獨尊，生活上要優越感十足，時時都要證明自己比別人強一個頭。這種人的結局常常不夠光鮮，倒未必是人強命不強，而是對於生活終究是少了一點敬畏。

自身毛病多的人，往往喜歡挑剔改造別人，講究高規格，卻給自己配置了一副低規格的人生，好日子不知道好好過，壞日子更是天天發神經，揭開表面的敏感強悍或是陰暗尖酸，背後全是變了味的自私和傷害。

「不高興小姐」或許撞了生活的牆後還能有所反思，畢竟誰都有過年輕氣盛的時候，成長就是一個慢慢平復謙和的過程。「高水準小姐」卻是撞了牆，還會苦練穿牆術，因為恃才傲物最能自我催眠，一輩子拒絕成長的人到處都是。別動不動就扯「子非魚焉知魚之樂」，都市間有多少無水的魚，只剩下一張拚命呼吸的嘴，沒有自由坦蕩的心。

不要以為自己無所不能，更不需要以提高別人的水準為己任，有時候過分強調自己的能力，只為證明自己的水準，往往是因為骨子裡無處不在的脆弱自卑。

一件事情的成功裡，或是一份接地氣的幸福中，除了自身的努力，一定還靠別人的付出，即便我們不說感謝，但一定要懂得珍惜。高水準的人生是不需要證明的，全在慎獨自律與謙和淡定裡，如果有人愈活愈醜自成奇葩，倒是能證明你正過著低規格的人生。

臉蛋誰醜誰美，人生孰高孰低，生活遲早都會給我們一個標準答案。

沒錢要為別人花錢，有錢要為自己花錢

A小姐是那種喜歡張羅見面吃飯曬幸福，卻不願買單的人。她有份收入還不錯的工作，每年休假的時間都有保障。她喜歡旅行，朋友圈裡經常曬出國玩樂的照片，每次回來也必會約大家見面聊些旅途見聞。原本也是朋友間的一種分享，可等幾位朋友都輪流買了單，唯獨A小姐總是沒事人般地坐在一邊從不掏錢，久而久之其他幾位熟人見面聊起她都是面露嘲諷。A小姐不捨得給別人花錢，但會為自己花錢，她或許根本不需要朋友，她只需要一些閒人聽她炫耀自己的生活，最好再給點掌聲。

B小姐也是位「不買單小姐」，和A小姐不同的是，她張口閉口都是自己工作多苦，錢賺得太少，生活費都得算計等等，但相同的是，她也熱衷於各種聚會。我和B小姐原本只是工作上需要有些聯繫，但她自稱也是吃貨，常來相約，選的不是名店就是西餐廳。她說：「你應該是不吃小館子的，多不衛生啊！」既然去尋覓美食不看價格只點特色，飯後我叫服務員結帳的時候，只見B小姐不是打電話就是去洗手間，吃飽聊完了也不說要走，一副拖拖拉拉的樣子，無非是等著我買單。她不給別人錢，也不捨得自己花錢，穿的用的一直就如她口中那種人生失敗者，但B小姐照樣會讓飯局曬滿自己的朋友圈，即便被看不起，也有她「小強」一般的生存之道。

C小姐是我的朋友，最近半年接連遭遇失婚和失財，相約見面的時候我會提前結帳，告訴她特殊時期把錢用在必須的地方就好。幾次下來，C小姐還是會堅持買單，她說：「你是為我著想，但我不能每次都理所應當，真是缺買單的錢我就不會約你吃飯，這樣下去我還會失去朋友。」我們每個月見一次面聊聊天，我堅持讓她選地方，C小姐則堅持花她該她花的錢。

C小姐有錢的時候會為自己花錢，每每著裝出門都注意到細節，她說：「即便這一年可能沒錢買新衣，但之前的衣服也足夠自己繼續萌萌噠。」她沒錢的時候也不忘為別人花錢，她說：「我所有的努力不是為了讓別人覺得自己了不起，而是為了能讓自己先看得起自己，也唯有這樣才能更快走出眼前遭遇的困境。」

人這一輩子誰沒遇到點為難的事？C小姐果然如她所說所做的那般，漸漸好起來了。她這樣自律自重的人，我也從來沒有擔心過她會好不起來。

賺錢這件事上各有各的機遇，花錢這件事上，卻最能看出一個人的基本素質和心態。賺到錢不會花的大有人在，所謂「富不及三代」就是這個道理。有錢的時候要為自己花點錢，對自己好才是真正好，你必須細緻，這是女人的尊嚴，可以為你抵擋麻煩，支撐你度過人生一些艱難的時刻，最終把優雅活成你面對世界的姿態。而那種怎麼都捨不得花錢的人，因為一直游離在貧窮思維裡，完全不懂人際交往中會花錢也是奔赴夢想的一部分，更容易在殘酷的生存法則中夢碎，又心生怨言和懈怠。沒錢的時候要想著為別人花點錢，為一些必要的約會買單，不論職場還是情場，這都是最起碼的為人道理和相處之道。

你當然不必打腫臉充胖子，但至少應該力所能及表達誠意，那些真正能夠幫到你的人，看的也絕不是吃了多少錢的飯。那些成不了事的人，才會在買單這種事上用心機，或是吃了你一頓飯就馬上承諾給你全世界，你也一定不要為這種人花任何錢。我們都會在人生的某個階段開始分化，或許很多人這輩子也就這樣了，與其說性格決定命運，不如說是心態決定命運，錢在這個時候會起到作用，是將你帶向更加從容平和的境界，或是推向更深的泥潭沼澤。

情感互動指的是相互付出與給予，又都有所得的情感交往，其中包括男女的戀情和親人間的呵護，也包括友情交際甚至是陌生人之間的禮貌尊重。不要說能互惠互利的情感就是現實功利，身心的愉悅也是一種最起碼的收穫，如果只是一味地付出和忍讓，人際交往、友情愛情都將淪為自虐的工具。

情感如果不能互動，就別再浪費時間，更要拒絕和不買單的人交往，你才能擁有更多的好心情，去吃些舒服的飯，做些更有意義的事。男女之間不能互動，就只是一廂情願；朋友之間不能互動，也就不能在心靈交流上提高。自私吝嗇的人永遠不會為別人有擔當，朋友交往也畢竟不是天天吃好的喝好的，除非你真需要一些「酒肉朋友」來消遣打發空虛無聊。「禮尚往來」的古訓，在字面上互贈禮物的交往裡，實際上還包含著更寬廣的含義：禮貌、尊重、情意、牽掛和相互扶持的關係。少了這些溝通與默契，愛情不是愛情，婚姻不成婚姻，親情過於單薄，友情也只是藉口。

提倡陌生人之間「ＡＡ」制，因為誰也沒有必要欠誰的，這是禮貌，相逢淡淡一笑，過後大家都不必計較。而在同事、親朋、愛人之間，相互付出與幫助，是維繫良好關係，體現人性溫暖的根本，這更是尊重，美好會定格在緣來緣去裡，你的人生或許會從此與眾不同。

生活中我主動買單只有兩個原因：一是我不想欠別人的情，因為幾乎不會再見；二是我看重這段感情，並不是因為我有錢。

你不用卑微，只需要強大你自己

女孩喜歡上一個男孩很久了，那天傍晚的秋陽極盡溫柔，兩個人坐在露天咖啡館裡有了深聊的機會，也共同面對著城市洶湧人潮裡的繁華與孤獨。男孩說起自己的前任：「她人不錯，就是目的性太強，利用我是當地人，我們才剛剛開始戀愛就著急結婚，以便在這個城市裡安身。」女孩聽後猶豫了一下，還是趕緊解釋自己擁有本地戶籍，並無意利用情感占別人便宜，她只是喜歡對方，並且渴望擁有一份真誠的愛情。

我聽女孩子談起那晚的事情，希望男孩只是因為同樣嚮往單純的情感，無心說了個並不太合適的話題。我對女孩說：「不論你多麼喜歡他，又是多麼渴望愛情，都不需要把自己的位置放低，當你以這種卑微的方式敞開自己的內心，你想要的愛情還沒開始往往就已經預示著結束。」

女孩回答：「我只是希望能有機會繼續下去，不要一開口就是失去。」

我說：「那你就一直把自己放在已經拚到的位置上，不為任何人卑微，不為任何人等待，特別不要為了某個男人低到塵埃裡。」

真正的愛情沒有卑微，那些低到塵埃裡卻再也開不出花的女子，其實都是缺少愛的滋養，但你只要對愛自己這件事念念不忘，單身也是一種離幸福很近的生活方式。對於一個女人來說，最恐怖莫過於不分青紅皂白用犧牲自己去成全男人，愛情原本應該是讓我們彼此受益和彼此成全的，不存在誰占了誰的便宜。故事中的男孩也許無意傷害不相干的人，女孩卻因為喜歡上他，真正卑微了，這不是打開愛情的正確方式。

你不需要放低自己的位置尋找愛情，而是要在平等的開始中日漸強大自身，積蓄保鮮愛情和經營婚姻的底氣，即便單身也是自己主動的選擇，而不是被動之舉。年輕的時候，你以為是在愛一個人，其實是在經營自己今後的人生，青春不再的時候，你以為還有能力去愛一個人，其實你是在儲存自己生活的勇氣。這一切無須卑微，只要你的真誠。

看到一個電視節目，男性來賓因為酷愛音樂來到大城市發展，但夢想很快在現實的牆壁上粉碎。他說：「我也曾經求過很多據說可以幫自己的人，於是經常要請人家吃飯、唱歌、應酬，甚至一次花掉半個月的薪水，但都是竹籃打水一場空，沒有人能夠兌現承諾。」他的心聲，只怕很多初入社會和職場的人都經歷過，這樣的卑躬屈膝甚至是很多人的人際常態。可惜大多數人都求不到自己想要的結果，弄得身心俱疲，更容易滋生出焦慮和頹廢。他後來改行做了別的，倒是慢慢成功了起來，他說心裡還是會有放棄唱歌的遺憾，但這樣的遺憾已經不足以摧毀他的自信了，因為他已經擁有了更好的生活方向。

小時候，關於夢想這件事，是我們面對未來最切實際的希望，長大了以後總說夢想就顯得有些矯情。它應該是我們深深種植在心底的種子，只有破土而出，拔節生長，並且開出了花朵，才能正大光明地讓所有人知道，那才是我們想要的結果。在此之前，除了沉著堅持，別無選擇。奔赴夢想的路上當然需要機會，但你也要清楚，機會如果被你抓牢了，靠的也是你的能力，而不是有位伯樂就能把你畫成千里馬。

我當然能理解，當你為這個機會付出了種種艱辛和曲折努力後，依舊沒有回報沒有成功，只烏雲壓頂般的世態炎涼時，你的那種失望和絕望。但你有沒有想過，或許是自己欠缺了某種夢想需要的才華和天賦，現在已經到了重新選擇調整方向，再努力一把的時候了。這一切無須屈膝，只要你的堅持。

面對生活中無法改變的失去和失敗，除了接受，還是接受，除了面對，還是面對，適度悲傷是我們作為人類正常的情感反應，但過度失意則是一種欠缺智慧的表現，需要我們盡力克制和克服自己。有人會說：「過分強調尊嚴就是自卑。」我想說的卻是，尊嚴代表每個人與生俱來的身價，你可以活著活著就沒有了，用「我不自卑」來掩飾底限的淪喪，但一直不會放棄的人活著活著，就會強大到讓別人無法漠視他的存在和價值，也唯有如此，才再不需要卑躬屈膝。真實的高貴是優於過去的自己，而最高貴的活法則是：我不卑微，是因為我的情感無價，我不屈膝，是因為我能走。

有人說：「這是個拚出身拚家世的年代。」又有人說：「這是個拚臉拚才華的年代。」不論什麼年代，都有很多人因為所謂「拚不起」卑微過，或是屈膝去做了更多嘗試，卻忽略我們每個人本該與生俱來的勇氣與尊嚴。其實時代需要我們拚的是父母的愛與重視，是愛自己的真誠與堅持，當我們自身開始變得強大的時候，那些可以寫在臉上的涵養，和可以溫暖人心的善舉，才終會讓我們所向披靡，不論成功與否都是一種無法複製的高貴人生。

我們活著的時間很短很短，卻要為此死去很久很久，別為了愛情放低自己，別為了名利淪喪尊嚴，帶著一張漂亮又才華盡顯的臉微笑著走下去，看天意如何待你。

永遠不要相信讓你等的人，
情願獨自一人爭取生活的機會和情感的邂逅，
而不是為了一個根本就不愛你、或不再愛你的人浪費時間。
沒有愛可以重來，反反覆覆糾纏，往往是更深的傷害。

第三部

要活得有教養，高貴得暗夜生輝

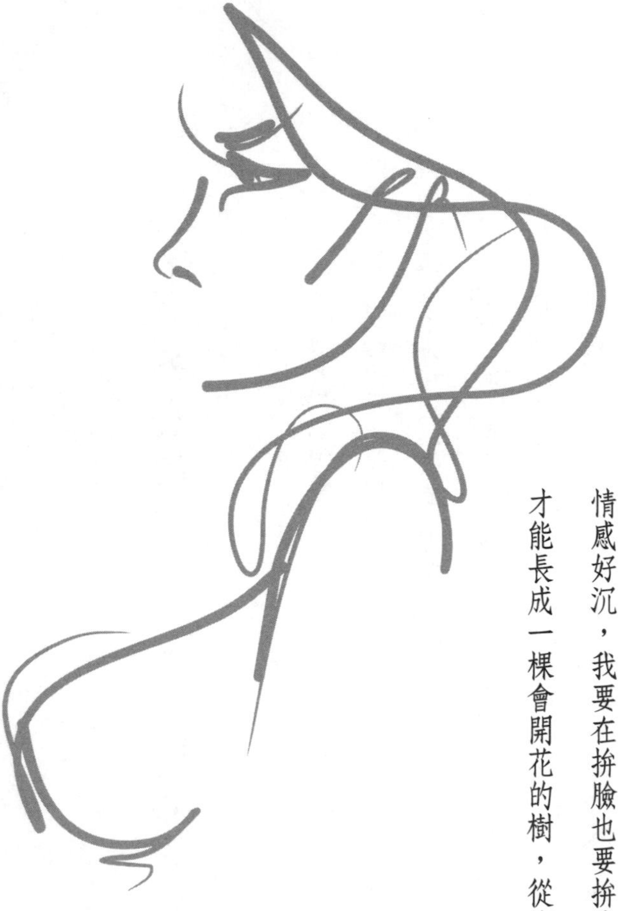

我從來都不覺得自己是堅強的，所以沒事不惹事；
但也不覺得到底能有什麼好怕的，所以事來不怕事。
我看起來活得很輕鬆，是因為我不想辜負了年華，
不想怠慢了生活，不想薄涼了情感。但其實我一直很用力，
年華易老，我還是要拚臉；生存很難，我又要拚才華；
情感好沉，我要在拚臉也要拚才華後，
才能長成一棵會開花的樹，從此不再尋找，不再失去。

體面不是外表的光彩，而是內心的豐盈

小時候，樓上的鄰居是一對上海夫妻，他們年過五十，沒有孩子。阿姨一年四季喜歡穿旗袍，夏天是棉布的，冬天則是加了棉花的，她苗條的身材和圓潤的肩膀穿旗袍十分好看，再配上她臉上多年不變的和氣微笑，漂亮得可以忽略年齡。多年後我在影院裡看《花樣年華》，張曼玉穿旗袍已是極美的了，可阿姨當年的樣子更加婀娜。

叔叔總是襯衫筆挺，皮鞋亮得晃眼，有一次他來家裡做客，我看到他襯衣領子的內側是補了一層布的，大概是因為穿得久了，已經洗毛了邊。幼時的年代，物資還是匱乏，衣服大多是去裁縫店做，布料選擇的餘地也很小。鄰居阿姨自己會做旗袍，扣子則是手工縫制，一臺畫著小蜜蜂的縫紉機，傳達著那個年代女人生活的智慧，和向美的靈魂。

他們兩人每天都會在晚飯後手牽手散步，和每一位路過的熟人打招呼，再親切地說幾句家常話，好像每個人都是他們多年的老友。聽媽媽說，那裡面有當年批鬥過他們的人，可在我的記憶裡，他們夫妻善待任何人，甚至沒有見過他們不帶微笑說話。

長大後的我才知道，在那個動盪的年代，他們家因為親戚在國外，而被扣上各種罪名。上千人的集會上，鄰居夫妻跪在臺上接受批判。第二天，夫妻二人換了整潔的衣服打掃街道和廁所，微笑著跟每一個路人打招呼，更多的人卻低著頭匆匆躲避。

後來叔叔不知道被關到了什麼地方，每日凌晨阿姨一個人打掃街道，在毫無音訊的情況下等了七年，才盼得叔叔的歸期。承受再大屈辱都沒掉過眼淚的她，那一天卻喜極而泣，她說：「他還活著就好，就好，活著就有希望。」

媽媽說他們曾經有過孩子，阿姨在批鬥中流了產，後來一直沒懷上。夫妻倆一定是極愛孩子的，每次從上海休假回來，同棟大樓裡的孩子們都會收到大白兔奶糖和巧克力。他們還常去幼稚園陪孩子們排練歌舞，阿姨會跳民族舞，叔叔會拉手風琴。

再後來時代變了，定居國外的親戚接走了退休的叔叔和阿姨，我偶爾會在爸媽的相冊裡看到他們在國外的生活。法國的山村古堡，葡萄園裡陽光燦爛，他們帶著一群孩子野餐燒烤，阿姨還是穿著旗袍，叔叔還是穿著筆挺的襯衣，笑容裡閃爍著命運最終的溫柔相待。命運終究用一世體面，補償了夫妻倆曾經遭受的所有不公。

從那以後我才知道，體面不是外表的光彩，而是每個人內心世界是否豐盈。體面一時或許容易做到，而活得一世體面，是我們面對生活的挫折和考驗，拚盡全力用教養、格局、努力和強大加在一起才能做到的事。也唯有順境逆境都活得體面的人，才配得上命運的補償。

我們做過的所有錯事，都可以理解為不體面的行為，體面的人會選擇做對的事情，出錯了也會及時道歉，並且調整自己的心態。體面的人不是忍氣吞聲，而是暗含力量做好一個大氣的自己，外顯的體面就是不容侵犯的尊嚴與強悍。世間會惹事的人都是欺軟怕硬的，來事不怕事的人反而麻煩少。

我之所以對生活和情感的困境甚少抱怨，就是因為從父輩身上看到過什麼才是真正的強大，而他們的「一世體面」在那個動盪的年代裡更顯彌足珍貴。比起那些經歷，我們如今遭遇的一些所謂痛苦，只是痛了，大多談不上什麼苦。也正因為不苦，我們才有力氣把一點點痛折騰到山崩地裂，甚至對生活和生命都毫無敬畏，命運不給我們臉色看就不錯了，還不趕緊收拾好自己，以免禍不單行。

每個人都跟我說要好好愛自己，可看到地鐵上那些灰撲撲不高興的臉，職場上那些只談格局和人脈的嘴，愛情和婚姻裡找種種藉口騙自己的男女，公共場合用叫罵廝打找公平的人，面對孩子卻說謊沒品醜態百出的父母，守著亂糟糟的房間不修邊幅想望著愛情的你，我知道依舊很少有人懂得什麼才是真正愛自己。

如果我們總是用一種不體面的方式說愛、說成功、要情感、要公平，只怕離體面的生活更遙遙無期。

命運從你身上拿走的東西，一定會以別的方式補償你。沒有什麼你得不到，只有配不配得上。

真實的高貴，是優於過去的自己

小時候，賣桂花甜酒釀的爺爺是外婆家的鄰居，他頭髮花白，身軀卻挺拔，衣服永遠乾淨整齊，繫著一條雪白的圍裙。酒釀放在他自行車後兩個大瓦罐裡，打開蓋子立刻清香撲鼻。他空閒時也會來外婆家做客，總是換上正裝，頭髮梳得紋絲不亂，和外公喝茶聊天，或只是靜靜地看外公作畫。他常會帶一小罐酒釀或一包鮮桂花給外婆，酒釀是他事先沉入井中冰鎮好的，味道更加醉人。外婆會用那些桂花做成桂花糕，釀成桂花醬，煮桂花糖藕，然後我再小心翼翼地捧著這些點心，穿過長長的弄堂給酒釀爺爺送去。

酒釀爺爺沒有親人也沒有孩子，他的妻子曾是一九四九年新中國成立前的越劇名伶，酒釀爺爺則是上海大戶人家的公子，兩個人私奔到蘇州相守了上半生。但出身還是給他們帶來了災難，他的妻不堪受辱上吊自殺，酒釀爺爺一直未再娶。他靠畫團扇、做工藝品、賣酒釀為生，過著不求人不低頭的平靜生活。經常看到他在院子裡聽越劇，雖然那臺破舊的留聲機裡傳出的聲音有些斷斷續續，可他依舊專注而癡迷，那是他的妻子在唱《西廂記》。

有一天我正在大門口向他買酒釀，兩個誤入弄堂深處的遊客撞倒了自行車，兩個瓦罐碎了，酒釀全部灑在青石板路上。遊客說要賠償，但酒釀爺爺擺擺手說無心的過錯道了歉就好。他自己打掃滿地狼藉，還去旁邊的水井打了水，用拖把仔細拖了又拖。我再走出大門的時候，看到他正蹲在地上，用手在青石上摸了摸，酒釀是甜的，他擔心沒清洗乾淨的石板路會發黏。在我長大後的那麼多年裡，我又看到過無數人的低頭、俯身和屈膝，只有酒釀爺爺那天的低頭屈膝裡帶著傲人的高貴，身體彎著脊樑也是直的。

奧黛麗．赫本不僅是電影明星，她樸素簡潔的時尚觀曾是一個時代的符號。除了美貌，赫本為人低調友善，對待工作敬業勤懇，她身上呈現的是一些消逝已久的品質，就是高貴優雅。中年的赫本淡出影壇成為聯合國兒童基金會的大使，親赴很多國家和地區為孩子們奔走募捐。六十歲時的她，消瘦的身形和高綰的髮髻，依舊美麗高貴如天使，她懷抱非洲饑餓兒童的照片，和她在《羅馬假期》裡的劇照一樣震撼世人，她的愛心與人格猶如她的電影一樣燦爛人間。

赫本雖然是貴族後裔，但六歲時父親拋妻棄子，又因為經歷戰爭生活困頓。她也一直對父親的失蹤感到遺憾，稱之為「生命中最大的創傷」。赫本的愛情之路也十分坎坷，有過兩段婚姻育有兩子都以離婚告終。但她終其一生保持著謙和溫厚、優雅高貴的性格，並沒有被陰霾的童年和不幸的婚姻束縛，依舊以仁愛之心應對生活。這其中要有多少掙扎、多少勇氣、多少堅持、多少悲憫，我們不得而知，但赫本做到了，她超越了自己，一生都活得貴重無比。

高貴這個詞離普通人的生活並不遠，人際交往中最令人印象深刻的就是責任感，以及人品貴重的細節特質。任何困厄痛苦都不會減損你的努力，不論工作還是情感你都會盡心盡力，這樣的你往往會贏得更多的機會和尊重。而這些優秀特質的培養，就在我們生活的方方面面裡。少年時，我曾因為當著外婆的面換衣服被她責備，連老媽都被找回來開家庭會議，叛逆的我忍不住想頂嘴，但外婆接下來的話卻讓我記了好多年，然後又一字一句說給我的女兒聽。

外婆說：「男人的高貴是不彎的脊樑和淵博的知識，女人的高貴是羞澀的性情和行善的心，花朵般珍貴的身體應該被包裹起來，這和什麼年代沒關係，你時時刻刻都要活得驕傲不可侵犯，有些方面是需要讓男人去仰視的。」

初中時女兒因為一個男生數次對她拉扯，揮手打了對方一個耳光，在學校辦公室裡，我對班主任說：「打人應該道歉，但下次再有這樣的事情發生，我還是會讓女兒給他耳光。」後來聽女兒說，那個男生再沒有發生過類似的事情。

無論你的出身、外表或身分是什麼，哪怕你家財萬貫，沒有貴重的人品，活著就都是自降身分的過程。我也看到過出身清貧的人，在這個嘈雜的時代裡，在大都市令人抓狂的生存競爭中，他們堅守底限待人真誠，不為利益忘卻良知，不為欲望迷失初心，不為金錢淪喪道德，始終守護一顆高潔的心。你要走向那條獨自長大的靈魂之旅，才會懂得人生最美的姿態，是在風雨中的舞蹈，而最高貴的活法，是心懷悲憫地不斷超越自己。

海明威在《真正的高貴》一文中寫道：「優於別人並不高貴，真正的高貴是優於過去的自己。」或許我們沒有高貴的血統，也不可能美過赫本，但生活總有無數種可能，我們總要盡力活出各自的人品貴重，從而去體驗不同的人生。如果我們不能做到事事周全，那就先努力成就更好的自己，一生都高貴得能夠暗夜生輝，照亮我們，超越自己的路。

大家閨秀的尊嚴，是刻在靈魂深處的花朵

她出身書香門第，當年門當戶對的兩家人指腹為婚，男方父母對未來兒媳提出兩個要求：一是要裹小腳，二是要讀書。正值民國初年，新舊思想的衝突之下，那些真正的大家，也從沒有放棄過讓女孩除了精通女紅，也要琴棋書畫飽讀詩書的家風。

她是家中的大小姐，裹了小腳，讀了私塾，又考入當地最好的教會學校，學習英文、數學和女紅。父親告訴她：「大門不出，二門不邁，不是要你眼瞎心盲，而是讓你多出時間去讀書，只看值得看的東西，只做該做的事情，只說符合身分的話。」她還待字閨中，女紅就已經遠近聞名，廟裡的住持常常去求她的父親，讓她幫著繡廟裡需要的用品。當時男人的長衫馬甲，女人的短襖配秀裙，精緻的盤扣和縫製之活是點睛之筆，城裡出名的裁縫鋪也會時不時請她設計製作，以便應對挑剔的貴客。

她十九歲嫁給指腹為婚的丈夫，成為少奶奶相夫教子，生育過四個子女，其中一對雙胞胎早夭。雖然直到新婚當夜才見到丈夫，但她一輩子被他奉為珍寶，兩個人從未爭紅過臉。她說：「門當戶對才有基礎舉案齊眉，讀過的書都會化成理，愈是書香傳家，就愈有門風門第，愈是大戶人家，就愈要有個樣子規矩。」她還擁有傾城的美貌，遺傳自她大家閨秀的媽媽，連當年那條街的孩童都知道，長大後娶妻就要像張家大宅裡的媳婦兒。

她在家裡也是衣著整齊，頭髮紋絲不亂，釵環香囊樣樣齊全。如果出門，必要重新更衣梳妝，回到家又要再換一身。她善待家中的奶媽、傭人和夥計，絕沒有打罵之事，更不會口出不雅之言。即便後來她從主人變成了服務生，也從自己口袋裡省出糧票，寄給早已回鄉的老傭人，在最艱難的年代救了一家人。她說：「窮人也是人，同樣值得尊敬。」

後來也是個什麼都講出身的年代，她每每都被安排做最髒最累的活，洗床單洗到大拇指變形。丈夫沒日沒夜被批鬥打罵，她支撐家裡生計還要陪鬥，單薄的身體被拖來推去，她咬緊牙關也會理順亂髮，就算跪著也要盡力挺直腰桿。就算沒有了錦衣，縫了補丁的布衣也永遠保持乾淨，她沉默著幹活，和善的笑容和光滑的髮髻就是她內心的不屈。沒有了傭人，她自己下廚做飯，居然也色香味俱全，拚力供子女讀書，不讓他們做任何家務。她說：「書香傳家是祖訓，和什麼年代沒關係。」

她有自己的朋友，同是大戶人家的一對姐妹。突遭變故家道中落後，兩姐妹靠做女紅漿洗衣服賺錢度日，再苦也不做小妾，不嫁門戶不當之人。當年的大宅只隔一道高牆，後來的小屋只有一道矮牆，她們終生為友，以各自在最糟糕境遇裡的抗爭互為榜樣，也一直相互支持。兩姐妹終生未嫁，老年的她們吃齋念佛，所有相識的人都會尊稱她們倆一聲「姑奶」。

她和丈夫相敬如賓六十年，對子女也保持客氣，晚年一直單獨居住，儘管子孫滿堂，她能自理都自理。她說：「人活著就要有尊嚴，不論年輕還是老年，不論有錢還是沒錢。」她一生活在堅韌溫婉裡，有自己的底限和堅持，她不幫女兒裹小腳，說那是舊時代對女性最大的摧殘；她批評孫女當著她的面換衣服，說女兒身珍貴無比要學會自愛。她和丈夫之間從不說「愛」字，卻又因為這個字，堅強相守過錦衣玉食，兵荒馬亂和境遇不堪，從不言棄也不言苦，在他們的皺紋和雙手裡都透著平靜安然。

她，是我的外婆，生於一百年前，八十三歲離世。當年我不滿周歲的女兒第一次見到她時，就甜甜地笑，也有幸坐在她的腿上，聽她唱過：「搖啊搖，搖到外婆橋，外婆誇我是好寶寶……」我媽媽從小離家讀書，讀得愈多也就離家愈遠，沒有機會跟外婆學習巧奪天工的女紅，連她做的菜也很少有機會吃到。我兒時的記憶裡，外婆的每一道菜都是珍饈，豆芽只吃中間一段，隨便翻炒幾下就美味爽口，我不喜歡吃豆製品，但她做的豆腐令我驚歎不已。一道肉丸兩天準備，食材眾多，多道工序，端上桌異香撲鼻，但做法已經失傳。我家裡有她留下的髮簪和香囊等物件，閃爍著那個久遠年代的美好情感和生活智慧。

八十歲的媽媽如今也自己居住，她說：「老人家也要獨立不能依賴。」她的生活極有規律，按時作息、鍛鍊身體、看書讀報，還用筆記錄下了這個家庭的變遷，和孩子的成長，說是要留給孫輩看。我從未見她發過脾氣、打過孩子，一生細語溫柔且豁達寬容，苦中能忍，甜中能斂，不論順境逆境始終表裡如一。她繼承了外婆的美貌、秉性和習慣，即便在沙發上閒坐，也是挺直的坐姿一天都不會改變。那些從小養成的性情，讀過的詩書，耳濡目染的品格，會在生活的點滴上綻放非凡的華彩，就像在黑暗裡為自己點燃的燈火，讓她一生都無所畏懼。所謂大家，就是能夠一代代傳承人文精神的家庭；所謂閨秀，就是德才兼備的女子。大家閨秀到底是個什麼樣子？她見多識廣知識豐富，卻內斂感恩不爭短長，喜怒哀樂不形於色，嚴格自律慎獨，始終知道自己可以做的和不可以做的，不越底限分毫。尊嚴是雕刻在她靈魂上的花朵，尊重是隱沒在她微笑裡的力量，她的樣子，永遠在歲月深處端莊美麗著。

你要在自己身上，克服這個時代

媽媽出生在民國，如果不是畢業於教會學校的外婆堅持，她那時候的大家閨秀還要裹小腳。凡是學過中學歷史的人都瞭解，那個年代有過什麼樣的時光，又有過怎樣驚心動魄的變遷。我的媽媽歷經了大風大浪的八十年，特殊的出身，家族的傳承，舊時的私塾，現代的教育，新時代曾經的荒唐蹉跎，讓她的八十年不可能平靜，不可能沒有故事，或許正因為如此的家庭背景，她經歷得會更多，看到的真相會更殘酷。可我從小到大從媽媽身上看到的那些時代，是什麼樣子呢？

她珍藏著外婆巧奪天工的繡裙、繡鞋，還有香囊、釵環等物，樣樣都閃爍著一個時代的美好和智慧。她和男孩一樣少小離家讀書，又在另一個時代裡擁有了和男人一樣的天地，客廳裡掛著她一幅染色的彩色照片，是二十世紀五〇年代大學生令人驚豔的風華正茂。她隨著單位在全國遷徙，我們兄妹三個出生在不同的地方，媽媽說是江西大山裡的野蘑菇和山泉水，把我養成了出生就五千公克重的大寶寶，以至於我心心念念要去她工作生活過的地方看一看，重溫媽媽回憶裡的那個時代。

在我記憶裡有俞麗拿（中國小提琴家）、劉詩昆（中國鋼琴家）、理查・克萊德門（法國鋼琴家）、李谷一（中國歌唱家）、蔣大為（中國歌唱家）等各種音樂會和演出。媽媽說：「時代真是愈來愈好了，現在認識世界的方式又多了一種，那就是音樂。」那是我第一次聽媽媽提及「時代」兩個字，話中充滿了幸福是因為她覺得她的孩子會因此受益，這是她要做好的一件事。我們小時候從來不捉蝴蝶，因為梁山伯和祝英台在《梁祝》裡化蝶。媽媽說：「守護孩子的純真和夢想，是我們這些擁有更多的大人應該做到的事。」

她和父親相守五十年，工作兢兢業業，精心養育了三個子女，我們每個人都健康快樂的長大，又將父母做給我們看的事情，做給我們的孩子看。媽媽說：「你外婆說，舊社會的女人只要做好一件事，就是相夫教子，而我除了這件事還要再多做一件，因為新社會給了女人機會，能和男人一樣學有所用。」於是她在自己同樣多變的時代裡，一成不變做著這兩件事，讓我在她身上看到的，全是每個時代的精采和快樂。

我的外婆和媽媽，一生在時代裡輾轉，從未言苦更不言傷，她們一生過得堅韌又驕傲，滿足又幸福，不是因為征服了什麼時代，而是在時代裡找到了最適合自己的生活方式。她們不是什麼天才，只是明白自己需要做什麼事情，就要一門心思去做，其他的都當不存在，任何事物都阻擋不了她們的腳步。所以，在我問起媽媽那些時代的痛處時，她只說：「都過去了。」當我因為自身的困境痛哭流涕時，她只說：「這也會過去。」

「在自己身上克服這個時代。」這句話是尼采說的。我外婆看過他的書，然後她和媽媽把這句話用最生活化的簡單方式，在自己的時代裡實踐，一天天做好，又一天天堅持，終於克服了自己，也就克服了她們那些時代的動盪、殘酷和荒涼。外婆又用身教的方式讓我們努力克服自己，以便克服我們這個時代的浮躁、功利和不公，克服它曾經讓我們萬丈豪情，又一盆冰水澆得我們心生絕望的無情和任性。

沒有什麼成天生就會成功的人生，每個人都會有困境有委屈有遺憾，只要有能做成功的事情，不管一件或是兩件，你也肯如此努力地去克服，那麼你也能獲得成功。我認識世界的方式一直是：愛、文字、音樂、旅行和痛苦。那些所謂的心靈雞湯，我有時候也會找來看，充滿誠意的文字仍是有力量的。

你不要去迎合一個時代，那樣你只會身不由己；你不要去改變一個時代，那樣你只會遍體鱗傷；你不要去抱怨一個時代，那樣只會暴露你真實的智商堪憂。時代是任何人都無法征服和逃避的，你唯有在自己身上找出一種恰當的生活方式，先克服了你自己，你才能克服這個時代裡的種種不公。你心向陽，就看不到陰影，你偶爾低頭，那是你在思考。

你要問我相不相信這個時代是美好的？我會回答你：「我還是更相信自己，愈努力愈幸運，愈美麗愈安全。」當我們克服了自身的懶惰和畏懼，也就看輕了這個時代的功利和虛偽；當我們克服了情感的空虛和淺薄，也就接受了這個時代的善變和薄涼。

女人的樣子，便是孩子未來的樣子

美人都是有樣子的，各有不同又各有相同。她們從身邊走過，或是落座一角，或是和別人輕言細語，那個樣子總是讓人念念不忘，男人和女人都會忍不住多流連幾眼。五官和年齡在這個時候並不重要，重要的是她美好的姿態，她的衣著穿搭，她的優雅微笑，還有她面對所有人始終如一、尊重又可親的眼神。

創造偉大時尚帝國的可可·香奈兒，一生都在追求自己想要的生活，其本身就是自由女性的最佳典範。她一生未婚，但生命中每一個男性都激發她創意的泉源，她不是單靠幸運，而是將天賦和勤奮完美結合，直到七十多歲高齡仍在努力工作，將女人的樣子，僅僅用黑白色就演繹成了炫目的華彩，直至今日她的品牌還被無數時尚男女奉為珍寶。香奈兒女士說：「一味標榜內在，卻毫無外在，也是一種淺薄。」

出身名門的張愛玲，寫出無數好文字，她的書信也被今天的我們視若珍寶加以研究。同時她也是個講究姿態腔調的美麗女子，那張著名的黑白照片中，張愛玲穿著高領盤扣花樣旗袍，戴著珍珠耳釘，瘦削的身材，高昂著的頭頸，高貴清雅的姿態，清高卻淡定的眼神，無不彰顯出那個時代女子的自信與前衛。她說：「對於不會說話的人，衣服是一種語言，隨身帶著的袖珍戲劇。」

有位讀者在我的文章下方留言：「我們女人應該看起來是優雅的，聞起來是香的，摸起來是滑的，要想盡一切辦法讓自己活得漂亮！顏值，就是我們通往幸福生活的階梯。」那一晚，我在公開貼文中宣揚女人的聲音也要經營，上海的辣媽女友第二天大清早發來美照，還在訊息中用好聽的聲音告訴我，她已經著手把自己從裡到外、從倩影到聲音都經營得美美的。我說：「女人保持自己的美麗是在表達對生活的摯愛，而那種美好的樣子和鏗鏘的姿態，就是面對困境不公最具韌性的抗爭。」

北京新光天地的地下停車場就堪比世界級車展，樓上更是各種名品和美食匯集，來這裡購物消費的，大多是不缺錢的有錢人。這種高檔購物場所最不缺的就是洗手間，個個五星級酒店的標準。一位年輕的媽媽帶著三、四歲的寶寶走進來，兩個人穿著Burberry當季最新款的親子裝，小女孩白皙可愛胖乎乎的，正在洗手的我也不免注意了一下。

接下來那位媽媽的舉動就讓人傻眼了，她先是把孩子抱到洗手臺上站著，然後褪下她的褲子，抱著孩子讓她往洗手盆裡小便！小便濺得到處都是，包括鏡子上。購物中心的清潔人員走進來看到這一幕，很客氣地提醒她，裡面的空位很多，而且每個馬桶她都擦得很乾淨。結果，年輕媽媽大聲斥清潔員，大概意思是她也不看看自己的身分，居然敢對顧客這麼說話，而且小孩子的尿也不髒。話語間夾雜粗口，清潔人員不再出聲，靜靜退到了門外。

穿得再大牌，沒有個樣子的女人看起來也是骯髒的；賺了再多的錢，沒有個態度的女人也是粗鄙的。女人成為媽媽後，身教大於言傳，你是什麼樣子，你的孩子就是什麼樣子。不否認錢在現實生活中的重要性，如果你很有錢，卻完全沒有該有的樣子，那你的錢還是一文不值。女人的素質，就是孩子的素質，女人的樣子，便是未來的樣子。

在孩子長大的過程中，父母先要不厭其煩地提醒孩子，把該具備的有教養的樣子，變成一個個具體的規則去做。而這種有教養的樣子，是世界性的，父母愈是希望孩子飛得高和走得遠，就愈要養出有教養的孩子。國內大多數父母缺少對孩子的教養，甚至認為孩子某些沒教養的表現是率真，於是沒教養的孩子滿世界亂撞。很多專家早就得出結論，一個孩子有沒有教養，六歲之前就決定了。那種認為「孩子長大了就會好了」的父母，純屬幻想。

女性的受教育程度，以及擁有和男人平等的社會地位，是反映一個國家文明程度的重要標誌。中國重男輕女的歷史由來已久，以及現在矯枉過正的女權言論，讓不少女人在工作生活中仍然被貼上性別標籤，其實更重要的原因，是對自己沒要求和不重視。細數那些看起來很美好的女子，哪個不是珍愛自己、內外兼修，又懂得努力打拚，先為自己贏得更好的境遇？只有你看上去好，你才會自己感覺良好，而你也才能像你感覺的一樣好。

我個人的生活經歷告訴我，即便此刻走進人生最黑暗處，也要保持一個好看的樣子，因為那裡還是會有觀眾。我們自身努力散發出的那點微光，或許能夠帶給很多有著同樣困境的人希望，也能為自己帶來另一段傳奇。

有教養的生活，讓你優雅著溫柔

朋友約我到飯館吃飯，她因為一盤菜的鹹淡與服務員發生爭執，聲音愈來愈大引得別人紛紛側目，外面的天氣已經暑熱難當，吃個飯還要生場氣，好不值得。對方終於答應再換一盤，她還不讓人把原來的撤下，我不解，她說：「你不知道這種小飯館的素質，說不定就是用這盤再加工一下又端上來了。」我說：「既然你知道小飯館的問題所在，來了又何必那麼計較？」她回答：「我就是看不慣他們！」

一次外出，登機時間看似到了，可當我們坐進飛機內卻遲遲不見起飛。前座的女子坐立不安，不時找空服人員理論，對方也一直在反覆耐心解釋，可她愈發歇斯底里，一副自以為是的「上帝」模樣，我以為她大概是有「幽閉恐懼症」。結果起飛後看她沒事人般地吃吃喝喝，原來也是「不能慣著別人的毛病」，處處充當衛道人士，以為自己如此是造福他人的大義？沒有正確的方式，到最後就都會淪為一場個人的鬧劇。原本已經坐在了頭等艙裡，一上飛機就有貼心服務，後面經濟艙沒起飛前根本沒有服務，卻也沒聽到如此吵鬧不休。有錢可以讓你享受比別人舒適的條件，可你卻選擇了如此不舒適的方式折騰自己，是不是有些對不起那些錢？

我也不喜歡小飯館的粗糙和不衛生，但既然去了就不要在公共場合和服務生爭執，大不了不去第二回。那天我也在機艙裡待了一小時四十五分鐘，才見飛機滑向跑道，心裡也不舒服，但我受過的教育不允許我對空姐發洩不滿，又因此影響到旁邊的乘客。流進血液裡的東西會制約我們的思想，限制我們的行為，有些話你說不出來，有些事你也做不出來，這種差距來自良好的教養和內心的篤定，也是底限的力量。大部分「看不慣別人」的人自己就一堆問題，你讓別人不快樂的時候，你自己也是不快樂的，甚至是不體面的。一個在社交場合彬彬有禮而私下總說人壞話的人不算有教養，而一個在公共場合因為別人的錯誤就肆無忌憚討個說法的人也一樣沒有。

教養的本質是對人的關懷，你怎樣待人，別人也會怎樣待你。而有教養的行為久而久之會讓你具有人格魅力，你的社交能力和社會讚許度得到充分滿足後，你便為自己創造了一種有助於持續發展的良好人際環境。如此，你又具備了一個人可以依賴的最重要的外在資源之一——健康的人際關係。這首先會讓你自己感到輕鬆快樂，工作上和生活上更容易克服困難，平安度過人生一些最艱難的時刻。關乎個人尊嚴和夢想的事情，我們當然要用正確的方式據理力爭和努力執著，沒事不惹事，事來不怕事，才是強者的生活理念。在自身沒有毛病之後，你眼中別人的毛病也會愈來愈少，在你得到很多很多愛之後，你就會愈變愈溫柔，而此種優雅的溫柔又是女人最體面的防彈衣。

徐志摩的髮妻張幼儀，娘家是當時上海寶山縣的巨富，知書達理也嫁妝可觀。就在她懷著次子的時候，徐志摩卻與林徽因墜入情網提出離婚，張幼儀沒有多問一句就辦了離婚手續，甚至不要求他撫養兩個孩子。她帶著一顆破碎的心輾轉德國，邊工作邊學習，也在那裡找到了自信，找到了人生支撐點。她說：「去德國以前，凡事都怕；到德國後，變得一無所懼。」

她回國後辦雲裳公司，主政上海女子儲蓄銀行，再次把家族遺傳的生意頭腦發揮到極致。她精心撫養和徐志摩的兒子，仍服侍徐志摩的雙親，甚至還接濟已經落魄的徐志摩和後來的女人陸小曼。無論離婚前還是離婚後，甚至徐志摩死後五十多年，張幼儀從不對往事吐露半字，不論順境還是逆境，都保持著一如既往的生活狀態。那個年代的教養告訴她，既是大家閨秀，就必要比旁人承受更多的責任和擔當。你可以愛了又愛，最終葬在了風花雪月裡，我卻可以淡淡地自立不敗，這樣的情感與教養，世間無人能敵，更讓男人汗顏。

所謂教養，就是我們選擇做更好一點的人。而有教養的生活，就是你外在的言行要和內在的修養高度一致，無論何時何處都能做到表裡如一。小處看，是你出門光鮮亮麗家裡一塵不染，一個人也會好好吃飯，努力追求愛情和夢想，以便不早早喪失生活的勇氣。從大處來說，是你外在對人關懷寬容，內在對己嚴格自律，即便生活給了你一副最糟糕的牌，你也不抱怨不退縮，再漂漂亮亮打出去，你從不在外人面前失去體面，更不在家人面前失卻溫柔。生活的苦難誰都會經歷，你的與眾不同是，就算苦不堪言也能抽身片刻，去享受生活美好的一面。你不扭曲自己的心態，依舊願意相信並且善待別人。一個人的高貴也就在於此，舉重若輕，不動聲色，保持自己有教養的生活。

所謂生活品質，就是根據自己的經濟條件，追求最好的事物。良好的生活品質，會培養你個人的生活品味，這種求好向好的精神，又可以豐富你的內心世界，創造出更多的愉悅與愛。生活品質不是比較出來的，而是用你的教養，你的努力，你的寬容，你的人品，在這個浮躁薄涼的社會裡拚出來的，因為獨一無二，所以彌足珍貴。

如果你選擇了做一個更好一點的人，那就更加努力去過有教養的生活。這種生活不需要別人下定義，甚至不需要讓不相干的人知道，你只要堅持底限做最忠誠的自己，安靜又驕傲地綻放在自己的春天裡。

我們活著的時間很短很短，卻要為此死去很久很久，
別為了愛情放低自己，別為了名利淪喪尊嚴，
帶著一張漂亮又氣質閃耀的臉，微笑走下去。

教養，就是選擇做一個更好的人

多年前，新加坡在蘇州城的東邊開發了一片工業園區，招商引資了世界諸多前五百大的企業，也就有了由新移民組成的新住宅區。我們的鄰居大部分是外國人和港臺人士，大樓電梯間從不見任何雜物，草地永遠乾淨蔥綠，地面看不到任何亂停亂放的車輛，更聽不到一聲鳴笛。拴著鏈子遛狗的主人，會拿著塑膠袋跟在寵物後面，包裹處理好糞便，再扔進垃圾桶。春天沒有人會在花園的草坪上野餐嬉戲，因為那是草根萌發的時節，你甚至看不到一個孩子犯規，因為父母們的以身作則已經刻在孩子的心裡。

如果有小朋友舉行生日派對，父母會讓男孩主動承擔接送女孩的責任，小男孩紳士般牽著小女孩的手來來回回，只站在門外等候和道晚安。公寓對面有個被稱為「鄰里中心」的地方，裡面集菜市場、商業區、運動休閒和醫院為一體，為周邊居民提供諸多方便。那時候麥當勞和肯德基剛進國內不久，但只有這裡的自助餐廳，可以看到幾乎所有的顧客用餐結束後都自己收拾餐具，坐過的桌子上不見一點食物殘渣。我小小的女兒也懂得自己拿著拖盤走向垃圾桶，即便有服務生趕緊走過來幫忙，女兒也會向他道謝，我則在她轉身跑向我的時候，給她一個大大的擁抱。

教養，都在看不見的地方，卻又時時潤物細無聲，讓每個有心之人感受到舒適和暖意，並且從此傳遞下去。多年後，我在女兒大學的食堂中看到，旁邊很多桌子都上下一片狼藉，女兒卻還是自己收拾餐具，放在指定位置上才離開，一如當年「鄰里中心」裡那個小小的她。

中國古有「孟母三遷」的故事，也提到了環境的重要性，面對幼小的孩子，父母的教養和堅持更是重中之重。如今高檔公寓建得一座比一座豪華，可鄰里之間彼此的舒適度卻未必能成正比，倒是多出防備和生分。教養最基本的體現就是不要給別人添麻煩，不要因自己的言行讓別人感到不舒服，包括不大聲接聽電話，排隊並且保持禮貌的距離，愛護公共場所的整潔衛生，自己不需要的贈品不拿，以免造成浪費等等。我拎著兩個購物袋去咖啡館，坐在門邊的男人立刻起身幫我拉開門。室外座椅上，一位想抽菸的男士發現我坐在他的下風口，就主動和我換位子，如此作為才是流淌在血液裡的優秀基因。

上海的朋友來北京玩，我們帶著孩子一起吃喝，朋友的包裡總是放著紙袋，就是為了在沒有垃圾桶的時候，隨時拿出來裝各種垃圾。我們在一起走得再遠，她都是這樣的習慣，以至於我剛喝完瓶中最後一口水，她的紙袋就已經等在那裡。她的手機永遠調成震動模式，說話的音量保持一個頻率，問路、找座位、買東西等等開頭都是「對不起」，結束是「謝謝你」。去西藏自助旅行，一群陌生的旅伴在細數上海人的毛病，女友卻一直笑而不語。我說：「儂正以自家的腔調，默默改變上海人在全國人民心裡的不良印象。」她說：「先做好自己，才能談得上改變。」

林志玲的美不妖不豔、不驚不鬧，卻是恰到好處的。我對她的好印象來自她在接受採訪或是做節目時，無處不在的教養和高智商。面對比自己矮的主持人，她會屈膝彎腰打招呼，說話總是帶著微笑，不疾不徐，緩緩道來，卻如春風吹過，漸漸地一路花開。電視節目《花樣姐姐》裡的她更是讓人喜歡，最大牌的明星卻一點不耍大牌，極具團隊精神，懂得體諒和寬容。正是這樣的教養和謙遜維護她的尊嚴，不說不做不抱怨更不毒舌，也有著無聲的力量。每個人都被她征服的同時，她也處處照顧著別人的感受，還會兼做文化古蹟的解說員、女人們的美容顧問、弟弟們的知心姐姐。她的美居然讓女人無法心生嫉妒，被學識和教養包圍的美，已經變得只能讓常人仰慕。不戰而勝，正是這個道理。

對不相干的人使出刀子嘴，也必有一顆刀子心，亂發脾氣爆粗口不是真性情就是沒素質，你花了錢也不應該跟服務生、收費員動怒起爭執，沒有被尊重是因為你自己沒教養。你不要總是致力於解決社會不公平的大問題，先把自身的小問題一一解決了再說，要知道，唯有我們的教養能夠彙聚成力量，讓這個社會處處充滿尊嚴的氛圍，公平才會再回來。

教養是一種尊重，學習尊重別人，教養是一種慎獨，嚴格自律言行，教養是一種悲憫，心存大愛，教養本身就是做人的尊嚴，無人可以踐踏。教養存在之處，都是身邊手邊的小事，做了也不過是舉手之勞，並不需要褒獎。但你的好教養總會被有心之人感受到，他們也被溫暖對待過，於是也學會了用最大的善意和智慧去對待這個世界。

所謂教養，和貧富無關，就是不管你的出身和背景，你都可以選擇做個更好一點的人。如果你已經成為這種更好的人，又盡一切可能和堅持做好手邊能做好的事，那世界就一定會因為這件事變得更美好一點。

每過七年，你就變成了全新的人

科學家告訴我們，人體細胞在不停地新陳代謝，每三個月替換一次，舊的細胞死去，新的細胞重生。而將全身的細胞都替換一遍，需要七年的時間，也就是說，每過七年，從生理上來說，我們就是一個全新的身體，也就成了另外的一個人。你還是你，你也不再是你。

女兒小時候從北京轉學到上海，那時候我的生活面臨著新的選擇，我決定去另一個大城市裡繼續我想做的事情和想過的生活。為了讓女兒適應上海的教學節奏，我請了一位當地的小學老師週末到家裡來做輔導，而我則每天奔波在南方秋老虎的酷熱中，還經常需要出差。一天深夜回到家，發現女兒還坐在客廳沙發上等我，一看到我就撲到懷裡哭。陪她等門的媽媽說：「下午老師補習的時候，因為囡囡昨天的作業錯了太多，老師說她這樣對不起花了好多錢請家教的媽媽，週末媽媽還要加班賺錢很辛苦的，然後囡囡就哭得沒辦法上課了。」

第二天我放下所有要忙的事，約那位家教老師給她結了一個月的薪水。年輕的她自然覺得有些委屈，我只是說：「和你一點關係也沒有，是我的問題，我不應該只擔心女兒成績跟不上學校進度，而是應該考慮她還小不習慣改變，這時候給她補習反而加大了她的壓力。」然後，我帶著女兒去上海動物園看熊貓了。

那天我跟女兒說：「以後再也不會有家教和補習，你上學讀書都是為了你自己，不是為了媽媽，搬家換城市生活也是正常的事情，或許以後你還會跟我去更遠的地方，但媽媽保證那一定也是更好的地方。」

我既然無懼改變，就要承擔此後的苦樂酸甜，我不需要別人告訴我的女兒媽媽有多辛苦，我只想做給她看接受改變後的生活會更好。

女兒再也沒有哭過，慢慢也愛上了上海，我空出時間帶她走遍那個城市的角落，瞭解那個城市的文化和美食，一年以後我們再回北京的時候，她已經顯得戀戀不捨。現在她還是喜歡去上海，說要找小時候美好的記憶，這樣的記憶包括蘇州、廈門、上海和北京。現在的她常常為自己住過那麼多城市驕傲，因為媽媽當初勇敢的改變，她說她再也不會輕易哭。這之後的十幾年裡，女兒其實也在不同的學校和團體中適應改變著，但她就像自己說的那樣，新的環境只會激發她的熱情，從未再有過壓力。

改變，是這個時代的符號，生活在其中，不能前進就必然會落伍，落伍最大的悲哀不是人心多麼多麼善變，而是你自己最先找不到了自己。要知道，如果你做不到按自己所想的去生活，那遲早會按你所生活的去想，人間的煙火當然充滿了鮮活快樂，但世俗的險惡也會顛覆人性良心。從少年不知愁滋味，到可以自如地任愁緒盡數散去，我走了很多很多年，或許你正在經歷的，我也曾經經歷。只是，現在的我長大了，也改變了許多，很多人都有這樣的感歎。幸運的是，在我自己的眼裡，現在的我更好，在閨蜜們的眼裡，我愈來愈少女。

改變不是壞事，扔掉同樣被別人廢棄的情感，坦然接受不能改變的事實，勇敢承擔愛的結果，堅強面對生活的挫折考驗，咬緊牙關做該做的事情，忘掉該忘的人，為自己選擇新的開始。薄情有時候不是無情，而是把最深刻的情感，留給最值得託付和珍惜的人，現在選擇薄情就是因為我們都曾經常情，不過只是個曾經，遺忘是如今我們給付彼此最好的紀念，不說再見就是永不再見。

原來，每過七年，我們就是另外一個人了，這樣看來，很多的困惑都會迎刃而解，改變再正常不過，很多安慰的話語都不必多說，薄情也是常情。

別人的改變不能以我們的心意而定，自己的改變卻能夠憑藉意志和熱情，日漸平和又日漸強大，直到如魚得水又進退自如。女人就要對自己狠一點，狠狠面對歲月的風雨寒冷，狠狠面對情感的背信棄義，狠狠面對命運的反覆無常。那些自己無法擁有美好的事物，看著別人擁有就嫉妒難受的人，才是這個時代裡活得最可悲的一類，身體細胞都換了新鮮的，心卻再也呼吸不到自由和諧的氣息。

這一年，或許也該是你變成另外一個人的時候了，拿起能拿起的，放下該放下的，離開要離開的，忘記該忘記的，人生的種種苦痛或許無法避免，但至少我們還是可以選擇重新輕裝上路。這也並不耽誤我們和相愛的那個人一生一世，只是要學會和接受改變，或許這才是更好的永遠。

願你成為那種表面溫婉內心狂野的女子，純真恬淡必有福報，無所畏懼必有迴響，遲早和夢想握手，和幸福相遇……。

待人友善是教養，獨來獨往是性格

帶女兒去國家大劇院欣賞動漫音樂會，因為我也是動畫片的瘋狂愛好者。正值暑假，動漫場裡孩子很多，也顯得喧鬧，但隨著樂隊上場，三層的音樂廳裡立馬安靜了下來。演出很精采，散場後女兒說，她發現我在鼓掌的時候臉上都帶著笑意。我回答：「場上的音樂家看不到每個觀眾的表情，但他們能聽出送給他們的掌聲裡是帶著微笑的。」

待人友善不一定都在面對面的接觸裡，現場那麼多家長讓自己孩子保持安靜，也是他們所做出的對陌生人最大的友善，這就是教養的力量。

回家的時候已經很晚了，公寓門口一位男士正跟收費員吵鬧，為了十元的停車費，他帶著髒話的斥責聲在深夜傳得很遠。旁邊停著他的黑色越野車，看到他邊罵邊推收費員，車上下來一位女子相勸，卻被他狠狠推開，女子沒有站穩，差點摔倒。我們居住的公寓因為臨近公園，週末路邊會停滿來玩樂的人車，因為幾元停車費的糾紛經常發生，負責收費的人春夏秋冬都在露天值守，這是一個合法的收費停車場。一個對陌生人不友善的人，也很難做到對自己人善良，究其原因就是沒素質，一旦形成了唯我獨尊的性格，是上帝都不屑救贖的。

前段時間寫了篇有關教養的文章，有女孩來問：「計程車司機為了賺錢一車載六人，乘客趕時間當時忍下了，事後能用有教養的氣度不跟對方計較嗎？」我回答：「我說的是教養，你說的卻是當生命受到威脅了，卻還逆來順受。」

在一些不解甚至謾罵的讀者中，還是有人留言：「原來我的孤獨是我的教養，那我寧願孤獨。」我在說教養，你在說受氣；我在說花錢，你在說奢靡；我在說沒事不惹事，你在說公平；我在說事來不怕事，你又在說無奈。

我的媽媽性格內斂話也不多，對家人子女極盡溫柔，和鄰居同事也禮貌相處，在她那裡沒有仰視也沒有低眉，對任何人都保持友善。但我又看她大部分時間都獨來獨往，上下班一個人走，買早點買菜健身散步也常常都是一個人。當時的我以為獨來獨往代表沒有朋友，有時候被疏遠落單的時候還會很傷心，媽媽卻說：「你做好你自己，任何境遇之下都能做好手邊事的時候，有些人就已經被甩在後面了，當你走得更遠一些就會遇到同路人，或許才能一生為伴和終生為友。」媽媽有三位閨蜜，少年時的夥伴相知了六十多年。

三毛曾經記錄過她上小學時的遭遇，數學不好，又因為被懷疑作弊，她頂撞得罪了老師，結果有一天被老師畫了黑眼圈在走廊裡示眾。這件事使她休學在家自閉多年，也造就了其悲觀敏感的性格，儘管她一生走過四十八個國家，寫了二十六部作品，但還是走不出童年的陰影。我上中學時也有過類似的遭遇，因為頂嘴讓當時的班主任鬧到校長那裡「有她沒我，有我沒她」。正是我一向溫柔的媽媽，用她面對質疑不公的方式一次次為女兒據理力爭，始終相信自己孩子的話，她如此強悍地保護了一顆幼小心靈的尊嚴，讓我因為挫折反而看到什麼才是堅強，學會以德報怨，又能得饒人處且饒人的豁達。

有些人不會在公共場合歇斯底里，不是人家忍氣吞聲做什麼「教養婊」，而是因為人家尊重他人的同時也一直被他人尊重。有些人出不出門都滿眼是非到處吵鬧，不是因為你在為大眾做「公平婊」，而是因為你缺少教養換得了別人的以牙還牙。

很多人的習慣就是不抵制點什麼、不吵鬧點什麼，就覺得自己吃了虧又受了氣，原因卻多是聽風就是雨沒有自己的判斷，或是自己沒有享受到所謂的特權。也正是這樣的人喜歡用唯我獨尊的方式去「教育」別人，特別是對服務行業那些貌似比自己身分「低」的員工。於是又多出了另一些人，有錢有權或是裝個樣子騙人的，因為那些動不動就要「維權」的人，在這種人面前卻往往集體失聲，只會通過網路發洩莫名其妙的仇恨。仇富又笑貧，欺軟又怕硬，不倫又不類，說公平都是個笑話。

你聽說過那個會搭車的機器人「波特」（編按：hitchBOT，由兩位加拿大教授於二〇一三年創造的機器人）的故事嗎？它只是坐在路邊伸出手做出搭順風車的手勢，有路過汽車在它身邊停下時，它會說明自己想遊歷世界的夢想，還要順帶一句「請抱我上車」。就這樣，有無數個車主停車抱它上車。如此接力，在短短二十六天裡「波特」遊歷了加拿大和部分歐洲。正是那些待人友善、有教養的人停下了車，才成就了一場機器人的旅行，如此看似不可能的事卻透過眾人的善行，真真切切發生在生活裡。

好的教養會一直影響我們，哪怕表現的方式是獨來獨往，但你的心裡並不孤獨。生活裡有我們不喜歡的人，但沒有比我們身分低配不上我們的人，願意善待眼前這個世界的人，也一定會被這個世界溫柔相待。

看起來生活得很輕鬆，其實你很用力

朋友發訊息說週末要搬家，她在公司附近租了房子，節省了路上的時間，工作之餘可以多陪陪兩歲的女兒。她說：「我也要好好打理家裡，像你一樣認真洗衣、做飯，讓爸媽和女兒生活得安穩些，現在我是家人的依靠。」她離婚一年，我看著她從最初的慌亂無助漸漸走向平靜從容，其中的艱難和掙扎即便她不說，我也可以感同身受。她說：「這一年我深刻體會到了生活的壓力，因為沒有依靠，我只能選擇堅強面對，就像練瑜伽『要看起來很輕鬆，其實很用力』，你一直都是這樣生活的對不對？」

是的，我一直都是這樣的，也一度因為如此，我有過揮之不去的孤獨感，而寫文章也是一份極盡孤獨的工作。但孤獨在生命的某些階段也會是一種沉澱，在孤獨的時候積蓄力量，才能在不孤獨的時候綻放才華。凡是那些害怕孤獨，整日裡在飯局、酒桌、歌廳、人群裡尋找存在感的人，一定會淹沒在芸芸眾生裡，每個人看上去都活得很用力，輕鬆的卻從來不是心。孤獨會讓你變得出眾，而不是不合群不好相處，彪悍的人生不需要解釋，很多人都只是我們的路人甲，當我願意極盡溫柔，一定是對那些值得的人。我不浪費情感，情感自然就不會受傷，我還是不忙，因為一直會有享受生活和情感的時間。

誰的生命中都有過一段特別艱難的時光，如何度過其實並沒有什麼特別好的辦法，有時候或許還會持續很久。我也曾走進最深的黑暗窒息到心生絕望，但每每這時我就會告訴自己，該來的都來吧，反正我已經失無所失。我挺住了不倒下，運動健身不生病，還要打扮漂亮去和朋友下午茶，然後站在雨夜的路邊，等屬於我的那一個晴天。

你一定會問我：「你等到了嗎？」我也一定會告訴你：「穿越了悲傷，生活就會展露笑顏，克制了有條件去做卻不能做的衝動，情感才會漸入佳境，當我面對諸多麻煩也能平靜應對不言苦痛，心就會慢慢被自己的純真暖過，原來我才是那晴天裡的陽光，也明媚了別人的眼睛。」

這世上原本沒有解決不了的事情，只有不想解決事情的人，如果真是沒有辦法了，我們還可以把它交給時間，自己什麼都不想，也什麼都不做，拖著拖著就黃了，晾著晾著就涼了，冷著冷著就忘了。很多人都在感歎世態炎涼，於是都為此有了一部自己的哀傷，可究竟有多少世態炎涼是真正和我們有關的？那些哀傷裡免不了也有自己拉開的序幕，或者自己搬起的石頭。換句話說，你做人愈挑剔、愈算計、愈虛偽，你看到的人性之惡就愈多，你經歷的世態炎涼也就愈多，即便有一時得意，那心底的空虛也會如影隨形。

如果患上了「成功強迫症」，我們又容易活得用力過猛，過分強調自己的能力或是證明自己的優秀，往往是因為骨子裡無處不在的脆弱和自卑。那些在世態裡摸爬滾打卻不道炎涼、看起來波瀾不驚的人，才活得真正用力，哪怕迎風接雨也要用一個最漂亮的樣子，所以看起來永遠生活得很輕鬆。

走在人生道路上，都會在一些成與不成、愛與不愛、走與不走之間苦痛傷愁，原本都沒什麼大不了的，這只能證明我們曾經愛過和執著過，結果有好有壞，有聚有散，實際上我們應該有承受的能力，畢竟都是自己最初的選擇。而那些在傷痛裡爬不起來的身影，失去的其實是自信與勇敢，這兩點，別人給不了但也毀不掉，我們自己給自己，也只能自己救自己。在一些不屑的驕傲裡，也有著生存的智慧，生活的美好裡也包含著殘酷，你善良它就美好，你陰暗它就殘酷。

文字的力量之所以有限，是因為我們只看自己認為需要的東西，心靈雞湯之所以變成了空談，是因為迷茫的我們總相信努力就可以把自己帶向成功，但拚錯了方向，你豐富的涵養也是一種浪費，看起來就急功近利的臉，實在不可能讓你達成所願。我並不認為單純地換位思考就能讓我們走出困惑，而是切合實際地為自己制訂短期計畫，終於開始邁向新世界的第一步才是重中之重。很多人都是看起來活得很用力，甚至拚到了只剩下矯情，當「努力」漫天飛、「忙」字總洗版的時候，本該輕鬆的生活變成了活給別人看的一齣戲，本該是港灣的家倒成了最不安穩的隱患。

很多人問我：「你如何度過人生最艱難的時光？」除了硬挺著做好手邊能做的事，我依舊無良方可給，但那種能夠排解煩惱和孤獨的好心情，倒是有辦法找到。今晚的北京在冷空氣過後變得月朗星稀起來，正是去故宮散步的好時候，宮牆柳和角樓上的月色，筒子河畔三三兩兩散步、跑步的男女，空無一人的午門前廣場，走著走著就又心生了幸福感，至少我還可以來這裡觸摸這個城市最厚重又最柔美的地方。

我從來都不覺得自己是堅強的，所以沒事不惹事，但也不覺得到底能有什麼好怕的，所以事來不怕事。看起來我活得很輕鬆，是因為我不想辜負了年華，不想怠慢了生活，不想薄涼了情感。但其實我一直很用力，是因為年華易老我還要拚臉，生存很難我又要拚才華，情感好沉，我要在拚臉也要拚才華後，才能長成一棵會開花的樹，從此不再尋找不再失去。

當你在不那麼美好的日子裡也能風姿綽約，在不那麼體面的掙扎中也能保持笑容，就能感受到晴天裡的暖陽是一種很用力的幸福，雨天裡的等待本該是一種很輕鬆的姿態。

教養是一種尊重，學習尊重別人。
教養是一種慎獨，嚴格自律言行。
教養是一種悲憫，心存大愛。
教養本身就是做人的尊嚴，無人可以踐踏。

工作讓你變醜了，獨立給誰看

身邊的職場人士大多分為兩種：一是得過且過型，工作不好不壞，時間不緊不慢，薪水夠自己花，喜歡小富即安，有家有院，事情多一點敷衍，薪水少一分都爭，或許也會說起跳槽，但五年十年後還在同一個位置。二是用力過猛型，工作力爭第一，時間全圍著公司轉，大格局大發展成了奮鬥目標，不人人仰慕就不能算成功，是不是自己的事都攬，不是上司但做得像個上司，是個上司又惹人討厭，社交媒體也都是業績成果，裡裡外外看上去全是職場精英的典範。

前一種職場人，也許未到而立心就已經老去，小富即安也終是敵不過現實生活的比較虛榮，自己能過的日子也充斥抱怨、懶惰、發福、矯情，自己和自己較勁卻又無力改變，實在不行還有身邊人可以用來遷怒，包括男人和孩子，於是她們慢慢變醜。後一種職場人，看似積極進取，一出場卻帶著戾氣甚至是殺氣，掀開戰袍後，家裡一團糟，情感都不順，生活最無趣，所以難免焦慮、煩躁、發胖、矯情，於是她們也慢慢變醜。

月眉年初又跳槽去了大公司，職位和薪水都有提升，當然工作和責任也更重。夏天已經過去了，我們才見面吃了頓飯，儘管這個約，她已經在訊息裡承諾無數次。其實就算沒見面，我也知道她在忙什麼，社交媒體深夜洗版的全是她，不是會場就是活動現場，好久沒看到她休假。三十二歲的她，男朋友的事遙遙無期，女人怎麼著也得嫁一回啊，可她總說：「工作太忙，沒時間談戀愛。」

兩個小時的飯局，她接打了五個電話，發了N條訊息，走出餐廳已經晚上九點多了，手機還在響。我看著她走向地鐵口的方向，不得不說工作的得意並沒有表現在臉上，她倒是顯得疲憊憔悴，朋友間說話也不時流露上司對下屬的腔調，我看出的卻不是睿智，只是不漂亮。

生活裡當然還會有另一種職場人，數量少卻很亮眼。我的閨蜜掌管著一間不大不小的公司，我們認識好多年了，之前她也是別家公司的中層。她是外地女孩，因為先生是北京人，於是定居這個城市，擠公車上班的時候沒見她抱怨辛苦，有先生接送的時候也沒見她任何炫耀，她穩穩定定地做著她的工作，慢慢也就變成她的愛好和豐富的內在。她平平靜靜地生活在不是故鄉的大都市，和先生恩恩愛愛每年外出旅行一次，生了寶寶沒斷奶也要恢復產前的體重，日子如此安穩，小女子的狠勁也不見磨去分毫。說她不忙，但她是公司最高的上司，說她忙，下班後週末裡幾乎不看手機，朋友圈的動態是她一個人獨享的咖啡，和一家人外出郊遊、幸福美滿的照片。

我們之間傳個訊息就是問紅茶杯哪個好看？今年口紅流行什麼色？這一季衣服有什麼適合自己的款式？彼此買到好吃好喝的，也要送個快遞給對方分享。我們很少說煩惱，因為面對彼此多年不變的乾淨笑顏，我們太心知肚明，什麼難什麼苦都可以挺住了，自我消化，理解陪伴也是一種無聲的力量，雁過無痕的天空下，我們還是能夠美人依舊。誰都活得不輕鬆，一樣面對城市的繁華冷漠。我們沒有變醜的理由，唯有變美的動力。

我欣賞獨立的女子，和男人一樣工作和思考，拚到同樣的尊重與平等。工作是女性經濟獨立的基礎，當工作賦予我們社會價值的同時，精神獨立才有了成長的環境，最終成就有深度有品質的生活狀態，而這樣的女子不可能是不美的。

每天工作，再忙碌也要放在工作時間之內，對自己的言行嚴格要求，對同事則寬容大度，公司離了你，同事照樣擔得起，別總是咄咄逼人，弄到吃力不討好。上司一定有比你強的方面，不服也得服，你要是上司，就一定要懂得下屬也是人，一味咄咄逼人口不擇言，只是在證明自己蠢。

每天生活，生活的內容包括好好吃飯、按時睡覺，每天洗澡洗頭換內衣，談談情說愛看看書，照顧家庭孩子，不把工作情緒帶回家。我們當然有理由說生活也好忙，但過得好的人都不會抱怨，因為那裡終是我們最安全的歸處。做加法，加上工作的重點和生活的重心；做減法，減去工作的怨言和生活的煩瑣，你才能看清楚時間的運用，學會簡單，取得平衡。

如果工作讓你變醜了，你獨立給誰看？照照鏡子，也許連你自己都不想看。如果方向讓你弄反了，你努力給誰看？忙不忙都是一隻膨脹出來的紙老虎。如果賺錢讓你變貪了，你成功給誰看？說到底也沒有人會看一張因為貪婪更加醜陋的臉。工作再不如意，如果你需要那份薪水養家糊口，付出也是必須，根本沒有理由抱怨矯情，像個受害者似的整日一副苦瓜臉。工作再得意，也只是份工作，處處以強者自居完全沒必要，一旦遭遇瓶頸或人際關係危機，對自己的顏值和身心都是一種摧殘。

無論工作還是情感，只想用加法獲得成功和幸福是不可能的，你要維持著有張漂亮的臉蛋和強大的內心，才能為自己代言。

和自己美麗的靈魂在一起，享受孤單

在網上看到一個影片，男人的單身居所裡，寵物貓伏在書桌上，看著他在電腦前忙碌。窗外燈火萬家的時候他才合上電腦，開始準備一個人的石鍋拌飯。先是剁了些肉末，準備了幾樣蔬菜，還燜好了米飯，然後打開電磁爐往鍋裡加少許油，炒熟肉末和蔬菜。配菜加入米飯後，還不忘在上面打了一個雞蛋，又從冰箱拿出辣白菜、拌桔梗幾樣小菜，最後是打開一罐貓糧。城市，漸漸進入燈紅酒綠最為喧囂的時刻，家裡，單身男人和他的寵物貓吃著各自的晚餐，沒有音樂場景卻很是動人。看到這兒，你絕不會認為他是孤單的，他分明是在獨自享受一種暖暖的幸福。而我，更是被挑起了食欲，決定明天也要去吃一碗石鍋拌飯。

曾經喜歡自助旅行，獨自上路去了很多的地方，一個人的機場裡，背著大大的行囊，拖著長長的背影。城市鄉野，綠水青山，大漠孤煙直，長亭外草長，沒有人送行，也沒有人等候。常常有朋友問，一個人的旅途可感孤單？是的，我曾經在旅途上感受過最深刻難熬的孤單。

那一年夏天，我與幾位在拉薩山地旅館結識的旅伴租車去阿里，因為一路海拔都在四千八百公尺以上，生存環境惡劣、路途艱險，走遍那裡至少需要十五天的時間，所以很少有遊客會去，即使前往也都會結伴兩輛車後才會出發。可當時我們幾個年輕的旅伴，帶足了糧食裝備後就騎單車出發了。高原荒漠路況極差，我們的車沒少陷泥潭又落河灘，在沙丘上拚命轉輪子，總算屢屢有驚無險。關鍵是走了好幾天全是荒漠風沙幾乎沒有人煙，甚至一整天都看不到一輛車，吃住條件極差，灰頭土臉還洗不了澡。開始的兩天我們還在車裡有說有笑，再下來就只剩下沉默著等待與忍耐了，原來沒有陌生人的環境也是可怕的。

第七天我們向札達縣出發，那裡奇特的土林地貌以及神祕的「古格王朝」遺址，吸引著我們的無畏。車在海拔五千公尺以上的大山裡穿行，旁邊是深達幾百公尺的山澗，這樣的地方除了旅遊季節才會有極少數的遊客路過外，就再無聲息，也是孤單得不能再孤單了。整整十個小時過去，札達縣依舊遙遙無期，我們的車還在山路上爬行，天卻完全黑下來了，關閉了車燈就伸手不見五指，我心裡甚至生出了一絲恐懼。車轉過了一處山彎，眼前忽然就明亮了起來，兩山之間一輪大大的紅色滿月懸掛天邊，而傳說中的土林地貌，在此般決絕的月色裡，以無與倫比的恢弘氣勢撲面而來，似宮殿，像軍陣，如森林，變化萬千，磅礴著綿延開去。一路上我們所有的孤單與艱辛，在剎那間煙消雲散。原來最美麗絕倫的月光籠罩的，總是最寂寞孤單的山谷，那一刻，我忽然覺得自己好幸福。

等你走過了那些青蔥般的歲月，等你讀了很多的書又行了很遠的路，等你度過了人生某些最艱難的時光，你就會明白。生命裡總有一些日子是需要我們獨自走過的，或許是孤單尋覓，或許是愛情殘局，或許是婚姻廢墟，又或許是一個人的天涯浪跡，驕傲任性的自由灑脫。有時候，風景冰封在冬日的寒冷裡，我們找不到想要的快樂，絕望甚至成了眼前的魔障，希望成了看不到的燈火。我們掙扎在看似的孤單中，然後漸漸冷靜漸漸堅強，又漸漸與孤單和解，為自己再次找到曙光。真正的孤單是高貴的，也許略帶些滄桑，但並不影響從心底生出快樂，去享受生活裡的某些幸福時光，哪怕就是一個人做飯吃飯呢。如此孤單，只和思想有關，和身體無關。

我身邊也有獨自生活的友人，一個人上下班，一個人吃晚餐，一個人看電影，一個人去健身，我也常常一個人去咖啡館，什麼人都不約也有自己獨處的快樂。看起來或許形單影隻，但不一定就是不幸福，相反，這樣的友人往往生活狀態更加積極，抗壓能力更強，對人和事更加寬容不計較。幸福不是天上掉下來的餡餅，而是聰明人的智慧，是在生活水深火熱的苦樂悲歡裡日漸平靜從容，收放自如、進退有度。心靈的平靜，才是我們幸福的原鄉，不在乎你是一個人、兩個人，抑或是一群人。

寧願和自己美麗的靈魂在一起享受孤單，哪怕歷經生命的磨難也永遠不分開，就算還是沒有遇見另一個人，也在我們自己的幸福裡，一邊吃石鍋拌飯，一邊欣賞歲月靜好。

有時候，我們必須做出的最困難的決定，
最終卻成為我們做過的最漂亮的事情；
我們曾經以為最艱難的人生境遇，
最終卻成為我們活得最漂亮的時光。

第四部

每一場愛情，都讓人成長

女人一生分為好幾個階段，某些時候有沒有人愛都不要緊，最重要的是保持幾分童心與純真，要照顧好自己，要做個快樂、開朗、自信和溫暖的人。

為了男朋友還在傷心的女孩，別到處找解藥了，你再去多談幾場戀愛好不好？解藥其實一直在你身上。

小姐，你去多談幾場戀愛好不好

我常收到一些年輕女孩的問題，大概都是因為男朋友各種花心各種作為，然後女孩落得各種糾結各種痛苦。一天深夜，讀者在微博上私訊我：「男朋友連我去動流產手術的錢都不願意出，整日掛在電腦遊戲上不務正業，還要挑剔我的工作不好收入低。分分合合幾次可我還是愛他，今夜他又生氣離去，我要抱著他的衣服聞著他的味道才能入睡。」

我真是很難說這個女孩的情感是愛情，更確切的詞應該是自虐，在一個根本算不上男人的男友面前卑微到此種地步，又如此不愛惜自己的身體，養大她的爸媽會有多難過？於是我回覆道：「扔掉他所有的東西，關緊家門不要讓他再回來，好好工作增加收入，更有經濟能力愛自己，以便遇到個真正的男人再談一場真正的戀愛，你就不會如此絕望了。」

昨晚也在公開貼文下的留言裡看到類似的問題，在和男朋友的分分合合中嚴重影響到個人的生活和規劃，耽誤了司法考試的複習。對於任何年紀的人來說，手邊的事情都可能關乎生存，個人的努力更關乎生活，而這兩件事必須重於一切，不然我們就根本沒有資格去愛與被愛。這一點上，女人和男人一樣，沒有擁有相襯的社會地位和生命價值，說愛都是盲目，進婚姻都是湊合。

即便你自認是個卑微渺小的人，也有活著的尊嚴與權利。大家都說只要人窮就沒有尊嚴，可如果你願意讀萬卷書行萬里路，那貧窮也有無價的尊嚴。愛情和尊嚴捆在一起，愛情才能成就兩個人的快樂甜蜜；婚姻和尊嚴捆在一起，婚姻才能成全兩個人幸福自由的人生。如果連談活著的尊嚴都覺得奢侈和矯情，那就別指望別人把你當個寶了吧。

網上看到一則新聞，來自英國的一份調查報告顯示：女性要想找到真愛，平均要與二十二個男人接吻，經歷四次長久的戀愛和五次分手，忍受六次糟糕的約會和六次一夜情，以及遭遇男友出軌四次。

天啊，光跟這麼多男人接吻，就吻到噁心了，到最後也未必有一隻青蛙能變成王子，還要忍受那麼多次的失望、沮喪、背叛和分手，如果這是我們獲得真愛的代價，我看了都累，乾脆不愛啦！就目前的國情來看，這樣的調查結論或許和我們現實的生活有點差別，但「找到真愛」其中大部分歷程，我想身邊很多女性會深有感觸，因為多多少少都曾經或者正在經歷。男女情愛江湖裡，你沒有點隨時放手重整河山的勇氣，就很難混到「滄海一聲笑，滔滔兩岸潮」。別被一葉障目，別在年輕的時候就早早為了一棵樹放棄整個森林，你至少得見識了林子有多大，都有什麼珍奇之後，才知道什麼才是最會唱歌的好鳥對不對？

我給身邊女人最多的建議就是，去多談幾場戀愛，就知道自己想要什麼，又最終能要什麼了。我跟女兒說：「大學最美好的時光除了自由讀書，還有盡情戀愛，去接觸不同的男孩、瞭解不同的性格，即便失戀了也不要傷心太久，你那麼年輕，很快就會有人再來說愛你，你只要記得自己要和男孩一樣努力就行。如果你只愛上一個男孩就回來跟我說，要結婚要永遠，我會瘋掉。」

是的，女孩就是要多談戀愛，但要少結婚。社會浮躁，很多人對婚姻愈來愈缺少敬畏，沒有錢的是為了相互依靠而結婚，為了錢可以沒有愛而結婚，急於生孩子而結婚。而那些匆匆忙忙降臨到這個世界上的孩子，也絲毫不能讓不成熟的男女心生責任。離婚更是一件勞民傷財的事，沒有多少祝福，只有撕心裂肺後的徹底失望。如果分手對你來說已經無法承受，那離婚就是噩夢，所有才有那麼多的忍讓，那麼多的湊合，那麼多的麻木，那麼多睡在一張床上的仇人。

我個人很欣賞王菲的戀愛觀，曾經以天后的身分為那個愛著的男人在北京胡同裡倒尿盆，一旦不愛了就果斷放手，不說不黏不提不記，再去尋找自己的真愛。她交手過的男人，不論長相還是才華，個個都不錯，如今身邊的那位小男友，更是多少女人的夢中情人。所謂少女的戀愛觀，不是一種不成熟，而是一種歷經時光洗禮的純真與淡然。她的生活裡或許沒有誰是誰的誰，但她愛著的時候，你一定就是她的唯一。

女人一生分為好幾個階段，某些時候有沒有人愛都不要緊，最重要的是保持幾分童心與純真，要照顧好自己，要做個快樂、開朗、自信和溫暖的人。那些為了男朋友、為了愛情還在傷心的女孩，別到處找解藥了，你再去多談幾場戀愛好不好？這解藥，其實一直就是你自己身上。

愛了就瘋狂，不愛就堅強。女人多談幾場戀愛，多交手幾個男人，才會瞭解緣起緣散都道是平常，如果狹路相逢，總是勇者勝。

我相信愛情，更相信人品

常常被人問起：「你相信愛情嗎？」以前的我相信愛情，但對外表形象更為看重，認定了就會奮不顧身。現在我還是相信愛情，但更相信人品，不會只憑藉眼睛裡的一見傾心就輕許將來，以至於把眼前的快樂弄成了糾結。

人品的好與不好，都來自於那些相處中的細節，看人要用心、更需要時間，而不是光靠眼睛。我是一個注重細節的人，不論男女，對方的細節決定我冷熱的程度，對方的思想決定我聊天的長短，大多數人即便相識，也很快就會形同陌路，而那極少數留在生活裡的人，或許是愛人，抑或是朋友了。

有些人會認為在愛情裡談人品很無聊，因為愛情出於荷爾蒙的原始本能，彼此熱戀的時候，表現出的都是最美好的一面，或者說荷爾蒙的原始本能讓我們忽略了對方的人品。有這種想法的男女往往會在分手的時候傷透心，因為面臨分手時雙方的人品好壞才會盡顯，給不愛的人迎頭痛擊，讓你三觀盡毀也是常有的事。而那些有品質的人，在一見鍾情後也不會因為荷爾蒙忘記責任，就是分手也能堅守底限把傷害降到最低。相愛的時候或許不覺得，但不愛的時候那個人還肯為你純真的心做最後守護，這又是怎樣的一種大愛？即便遇過有人品的前任，你也一定會獲得成長。

我也不得不說，即便曾經是個有品質的人，也會在生活的磨練下發生改變，不是所有人都會因為經歷得多而變得純淨簡單，更多的是迷失後隨波逐流，變成了自己原本最討厭的樣子。之所以愛情愈來愈脆弱功利，就是因為人心愈來愈淺薄貪婪，人品是這個社會最稀缺的精神，而堅持才是最難得的精神。我見過最終變得不好不壞的一種人，追求名利又時常自責，選擇逃避又逃不開自己，這些時候談情感，都是一個力不從心。

要知道，不是每段情感都可以開花結果，但卻也能走到雲淡風輕，彼此陪伴一段路，然後在以後的某一天不用告別就漸漸離散，留下的只是曾經的溫暖。茫茫人海，沒有一些讓彼此相識的途徑，陌生男女很難遇見彼此，有時候明明是一種緣分，卻偏偏只被當成是一場豔遇，甚至連相識的方式都成了不信任的開場。

然後，就沒有然後了。

很多人都是這麼擦肩而過，沒有靈犀，說破了也是一種疲憊。總有些情感無法開花結果，卻也等不到雲淡風輕，沒有一顆強大的心就會被其所傷，好像美好的都不屬於自己。開花結果是一種圓滿，雲淡風輕也是一種幸福，美好愛情的快樂動人，大多數來自過程中的心心念念，結果需要水到渠成，強求不得。我始終覺得一個有品質有氣度的人，才能在最不堪的境遇裡堅守自己，又有能力深愛和保護身邊的人。

生活中很多男女一邊渴望被愛，一邊又無法信任，害怕受傷。好多讀者也問過我類似的問題：「在經歷過欺騙痛苦的離散之後，自己還該不該再去信任對方和相信愛情？」男女之間的情感能不能永遠，實在是件很難的事情，即便那些相守了一生的男女，也未必都是因為愛情。不要動不動就把自己放在弱者的位置上指責別人，緣起緣滅，人心薄涼是常態。總之，你相信愛情，才會遇見愛情，相信對方，才能感受美好。

這是一個缺愛的世界，很多人與其說在找愛不如說是在找安全感，卻不知道最大的安全感都來自於你的自信。體內荷爾蒙只負責一見傾心，精神柏拉圖才負責白頭到老，至於中間的過程，你或許需要經歷好幾任，才能找到個旗鼓相當的人就此牽手一生。換句話說，你挺得住，才能最終撥開雲霧見月明，總有一個人能讓你釋懷之前所有的苦痛傷愁。

女人成熟的標誌是學會獨立、學會狠心、學會微笑，學會放棄不值得的情感，努力經營自己。而男人成熟的標誌是學會沉默、學會隱忍、學會寬容，學會以一顆英雄的心守護心愛的女人。我相信愛情，但更相信人品，生命裡有了那些有教養的細節，那個人的沉默也熠熠生輝，有了那些堅守的品質，那個人的微笑也溫暖有力。

而一個有品質的人，才會對社會、對他人、對周圍事物、對突襲的淒風冷雨表現出穩定的心理特徵，不會輕易懷疑放棄，不會輕易失去信心，這才是決定我們的情感能否幸福，我們的人生能否成功的最關鍵。

前任也曾經是對的人

朋友結交新歡，可是她這位現任總是問起她和前任為什麼會分手，朋友問我該如何解決這個問題。我回道：「你可以選擇什麼也不說，反正就是別提前任的丁點不好。」

朋友說：「可他就是一身毛病，我受不了才離開的啊。」

我說：「你還愛他那麼久，那他一定也有優點啊。」

在現任面前否定前任是非常不聰明的舉動，而一個老是糾結你前任的人，要麼本身不自信，要麼不夠愛你。分手本身就是對彼此最嚴重的一種懲罰，事後選擇沉默是我們的承擔和修養。

前任是愛過我和我愛過的人，給過我快樂甜蜜的時光，相處的日子裡也免不了會吵架，會覺得很受傷，但這些並不能抹殺另一面的美好，更不會改變我對愛情和婚姻所存的希望。我有時候也會因為感情不順，萌生出嚴重的挫敗感，暗自神傷難以自拔。但走過長長的一段歲月後，我發現每個年齡階段，我都是不同的自己，情感上的需求也不一樣，曾經步伐一致的人，此刻有可能落在了後面，走到了前面，或是走上了另一條路。對的人不會變成錯的，但會成為你不再愛的或是不再愛你的人，於是突然就釋懷了。

「我們總是在最好的時光遇到錯的人」，這句話誤導過多少不願自省的心？一味推卸責任逃避問題根源，是不成熟的矯情。我倒是覺得「因為遇到了你，我才有了最好的時光」，說得有些生活的氣息，那才是愛情和婚姻正常的狀態。時光總是在變遷，我們長大了或是成熟了，變成了更好的自己，抑或是成了自己曾經最討厭的人，人情有時就會變淡，直至消失不見。有些人選擇忍耐，那是一種活法，而有些人選擇離開，那是一種追求，但不論哪種選擇都一定不輕鬆也不容易。生活大抵如此，得到一些就會失去一些，不可能兩全其美，能做到盡善盡美的已經可以笑傲江湖了。

如果我說共同成長才是好愛情和好婚姻的基礎，可能這裡的「成長」二字依舊有點抽象，特別是沒有走進過婚姻的人很難理解。換句話說，這種共同的成長有兩方面的內容，一個是獨自面對生活時，自身的努力、發展和積累，一個是在兩個人的相處中學會體諒、妥協和適可而止。所謂經營情感，其實就是兩個人磨去稜角，拔掉向內長出的刺，往同一個方向努力成長，各自有擔當負責任，以便我們能夠經常換個姿勢擁抱，感受到相愛的好處和溫暖，經歷一段情感，是個痛並快樂著的過程。

年輕的我曾經「圍剿」過前任，當時以為是因愛生恨，但多年後再看，之所以瘋狂都是因為自己不甘心，以及對未來不確定性的害怕膽怯，和前任本身沒有關係。一場分手弄成了死別般山崩地裂，其實誰離開誰都不會死，在不愛的人心裡，我們輕如鴻毛，即便死了也是錯，不如活得更好，一直去做那個對的人，再次擁有最好的時光。再後來我又發現，就算沒有遇到願意相伴的人，我們也可以憑藉自己的選擇和堅持，把一個人的日子過成最好的時光。這樣的時光不會再因為某個人的離去消失，再深的傷痛都能用自己的雙手撫平，然後了無痕跡。

如果只滿足於賺錢養家糊口，就看不到生命本身是何其博大，我們只顧著嚮往外面的世界那麼大，卻無暇用心享受面前的真實點滴。如果只滿足於有人陪伴過日子養孩子，就看不到情感本質是多麼深刻，我們只仰望別人表面的幸福，卻忽略身邊的人曾經怎樣努力珍惜過自己。沒有什麼絕對錯的人，只有不願意改錯的我們，前任也曾是對的人，用決絕的方式結束一段情感，那是愛過的證明。你不那麼怪對方，就不至於太絕望。

那一天，你問我：「為什麼要離開我？」我說：「因為我不愛你了。」你又問我：「為什麼不說再見還封鎖我？」我說：「因為我曾經愛過你，不會是仇人也做不了朋友。」

所有的前任都是曾經的溫暖，失去不是結束，而是新的開始。

當你在不那麼美好的日子裡也能風姿綽約，
在不那麼體面的掙扎中也能保持笑容，
就能感受到晴天裡的暖陽是一種很用力的幸福，
雨天裡的等待本該是一種很輕鬆的姿態。

每失望一次，就少做一件愛他的事

小貝和羽就讀同一所大學，但不在一個校區，小貝是金融專業的學霸，羽是風景園林的才子。羽的學院在歷史悠久的老校區，有一條街道長滿了高大的廣玉蘭樹，花似玉蘭卻大如荷花，初夏時節一樹潔白花朵。羽就是站在樹下對小貝說：「做我女朋友吧，我會愛你一輩子。」

羽的才華和顏值遠在新校區的小貝也是有所耳聞的，只是一直沒機會相識，自以為很普通的小貝，只是默默地遠遠地關注著自己心中的男神。羽說過的話伴著廣玉蘭的香，讓小貝飄飄欲仙。

畢業後小貝進了一家國有銀行，工作忙碌，但小貝知足而努力，愛情的力量也讓她一日日真的美若天仙起來，她加倍珍惜羽。可惜羽的工作並不順利，他一年失業了五次，在每家公司不超過兩個月，就炒老闆的魷魚。他說：「我才不幫笨蛋做設計！」

小貝看著每次都大發脾氣抱怨不停的羽，說：「能做到老闆的人都不是笨蛋啊，我們總得先養活自己，再談夢想也不遲吧。」結果羽摔門而去，冷戰數日後以小貝主動哄他了事。

第二年，羽在又失業了兩次後變得有些喪氣，甚至好久都沒有再拿起畫筆。小貝說：「要不你自己做設計公司吧，做個不是笨蛋的老闆？」羽終於來了精神，小貝拿出積蓄，再加上羽父母的幫助，畢業第三年，羽的設計公司開張了。而小貝此時也跳槽到一家外資銀行，收入升了一大截，工作也更忙了，有時候會忙到沒有時間約會，但她看到羽終於還是又出門工作了，當初校園男神的神采又回到他臉上，小貝也是開心的。

第四年，羽的設計公司撐了一年，沒有太大起色，只是接了些小工程。羽說：「小貝，我讓你失望了。」

小貝說：「你是在創業，哪有一年就發的？你瞧，今年辦公室的租金你都可以支付啦。」

小貝笑了，畢業四年她愈發漂亮，現在又升了職，她更相信愈努力就會愈幸運。羽在一次大工程招標中流標，砸了自己的辦公室。他覺得自己的努力完全被別人視為草芥，自己的傑作完全被蠢材埋沒。小貝當然理解羽的心情，因為她看到過他為設計圖熬了無數個夜晚，可成功除了努力還需要一點點運氣。

羽深夜未歸，她知道他又借酒消愁去了。小貝第一次沒有發訊息，也沒有打電話找他，她只是覺得失望，當初校園裡那個意氣風發的男神，就這樣一點點消磨掉了意志，她拿起手機把電話和訊息裡對羽的暱稱改成了全名。凌晨，員警打來電話，說羽酒後打傷了人。小貝帶著酒醒後垂頭喪氣的羽走出派出所時，天已經大亮，賠了對方一萬元，才免了羽的牢獄之災。羽說：「對不起，小貝，我以後不會再喝酒了。」

羽有段日子不再去酒吧喝酒，卻躲在公司或是家裡沒日沒夜打遊戲，公司裡的事情也都推給了他的助理打理。小貝忽然消瘦了很多，她不在週末做菜煲湯了，不再詢問羽今天想吃什麼，羽的書房桌上堆著外賣盒和積滿了菸頭的菸灰缸，小貝也不再進去收拾。羽因為黑白顛倒的日子漸感無力，於是又迷上了中醫養生，開始自己給自己開藥方，去中藥房抓藥熬藥給自己補身體。房間裡天天彌漫的中藥湯味讓小貝聞到噁心，她封鎖了羽，不讓他再知道自己家以外的生活。她開始一個人看電影，一個人吃飯，刪除了手機裡羽的照片，每一次這樣做後，小貝都會平復很多，不用抱怨也不吵架。

第五年春節前，羽的助理帶著一百萬工程款失蹤了，面對一群等著結帳回家過年的工人，小貝東拚西湊幫羽度過難關。羽又開始用逃避的方式面對危機，再一次喝醉後，對小貝動粗，酒醒後他說：「小貝，你是不是對我失望，覺得我不能做你的依靠了？」

小貝說：「在我心裡什麼傷害都能過去，你不要那麼內疚，我們年輕，有的是機會重新再來。」說完她笑了，帶著被羽推倒後的瘀青。

那三天裡，她陪著他聊天、吃飯、喝咖啡，羽相信她又原諒了他。他大男人的脾氣很快回來，小貝一句話讓他不滿，又摔門而去。

只是，這一次他回來再也沒有看到小貝。半年前，小貝就被獵頭公司介紹到北京的一家銀行，她猶豫要不要離開，而三天前的那一晚，小貝就已經做了決定。事後我問小貝：「那三天你為什麼要對他表現得如此淡定和大度？」

小貝回答：「因為我已經決定要分手了，更沒必要再口出惡言，也不想讓他為我負疚，他總是要重新生活，而我不願再奉陪。」小貝還說：「我每對羽失望一次，就少做一件愛他的事，這樣積聚的不是怨恨，而是我放手的勇氣，現在我走得一點遺憾也沒有。」

一位聽到這個故事的朋友唏噓：「多年以後羽會不會明白，曾經有個女孩很努力地珍惜過他？」

我搖了搖頭說：「他以後不論過得好或是不好，都不會明白，因為他最愛的一直都是他自己。」

真相殘酷，也好過女人總是自作多情，有時候還舊愛以薄情，對彼此都是最好的解脫。不說再見，不用懷念，各自安好。

先談戀愛吧！別把結婚當成交往的前提

三十二歲的L小姐毫不掩飾自己是位「結婚狂」，同學之中很多都當媽媽了，「高齡產婦」這兩年又成了她的另一個心病。L小姐很喜歡孩子，認為女人只有做了媽媽才會完整，於是她更是在忙於相親的路上愈走愈遠。她說：「我的條件一點都不高，就是對方要本著結婚的目的和我相處，男人沒這點誠意說愛情都是耍流氓啊。」

我問：「你也算相親無數了，有男人說過他愛你嗎？」

L小姐愣了愣，回答：「幾乎都是見了一面，人家也不會這麼說吧。」

我：「見一兩次面說『愛』都感覺唐突，承諾『娶你』是不是他有精神病？你總是要先和他相處下去，才可以給彼此一個機會。」

L小姐還是堅持和她相處的男人必須以結婚為目的，儘管她也不知道怎樣才能確定，反正每次相親都沒有了下文。我說：「也許和你相親的每個男人都是以結婚為目的的，卻又被你臉上寫著的『我要結婚』嚇跑了。」

L小姐不解：「我是要嫁給對方，沒有比這更真誠的愛情了吧？」

有婚嫁的愛情當然是真誠的，但愛情的結果有兩種，一是開花又結果，二是花落兩相忘。誰也不會只因為你的以身相許就愛上你，更沒有義務愛上你的時候就必須娶了你，愛情和婚姻是兩回事，以結婚為目的的交往不是談戀愛，你才是在對男人耍流氓好嗎！

電視臺的相親節目中也常看到這樣的情形，女性特別來賓裡有穿婚紗的，有帶戶口名簿的，人家還沒選，自己就迫不及待地問對方結婚打算的。我從來不認為拒絕的男人就是沒誠意，而是再有心也會被初見就要承諾婚姻的姑娘嚇跑，女人對婚姻的熱衷程度有時候很驚人，對問題傷痛的處理能力卻很弱智。一個連愛情都不瞭解，就急於進入婚姻的女人，生了孩子也未必完整，只會陷入又一輪的失落中，被生活收拾到體無完膚。我聽到過很多女人抱怨：「當初結婚的時候，根本就沒有愛情。」如果不是找藉口不認帳，那就是當初因為種種外界原因，做了對自己最不負責任的一種選擇。

一邊擔心自己嫁不出去，一邊又擔心男人都沒有娶自己的心，剛過了二十歲就開始為嫁人焦慮，過了三十歲的就更是無法活得安穩。這也是一個浮躁的時代，各種或虛幻或狗血的文字和劇情，似乎都在告訴我們不論多麼蓬頭垢面和境遇不堪，都會有多金的帥哥對自己充滿愛戀。浮躁的愛情觀讓我們對別人愈來愈不信任，對自己卻愈來愈缺失客觀評價，不能輕輕鬆鬆談場戀愛，婚姻更不可能給你所謂的安全感。這樣的女人一旦結了婚，更容易從愛情的興奮狀態裡鬆懈下來，對自己沒有要求的同時，對男人的要求就會愈來愈多，如果你的人生夢想因為結婚而被束縛以至於消亡，圍城會很快成為牢籠。

相信很多人之所以還在單身，都是在等待一場愛情，可到底還有沒有這樣的愛情呢？我可以肯定地告訴你：「為了愛情去談戀愛，就一定會遇到真愛情，抱著結婚的目的去談戀愛，就一定沒有愛情。」

你把愛情看成是不食人間煙火的神話，看看自己難道是什麼仙女嗎，只是個愚蠢的凡人罷了；你把愛情當成是可以不勞而獲的捷徑，你自己又不能物質到徹底，只是男人的「點心」而已。在如此虛偽的愛情觀之下，只怕不能光是指責男人無良，當女人霸占道德的制高點又非要做弱者的時候，不公平的情感也必然會在一定的情況下持續蔓延。女人在這種狀態裡會失去對男人的判斷能力，會將能嫁不能嫁的男人混為一談，最終只能落得想娶的男人不敢來，而表示願意娶的往往是一場騙局，常見的現象是愈想嫁的女人愈嫁不出去。

愛情永遠不會是雪中送炭，只會是錦上添花，別指望在自己最不濟的時候還能有個男人來拯救你。如果女人不想委屈，不想湊合，也不願去愛根本不愛自己的人，那你就必須堅強如男人一般地生活，經濟獨立更要精神獨立，為自己贏得足夠的能力和時間，以便去談一場真性情的戀愛。愛情應該是種享受的過程，即便婚姻是我們收穫的果實，那其中也必然會有很多頹敗的花朵和離開的背影。然後我們才能夠最終成長，懂得像個真正的成年人那般去面對愛情和婚姻，收放自如又進退有度。男女之間不是一場博弈，而是一場合作，不是誰動感情誰就先輸，而是能見好就收、化繁為簡獲得ＣＰ值最高的幸福。

當女人遇到的是一些貌似愛情的麻煩，或是無良男人開出的「爛桃花」時，就應該具備一定的免疫力。「心急吃不了熱豆腐」，愛情需要機緣巧合，婚姻更是一件水到渠成的事，因為害怕孤單，就走入更深的孤單，有多少女人還在重複著這樣的路？年齡大了對愛情沒有免疫力更不是什麼好事，結果弄成了愛情乾柴，一點火星就能將自己燒成灰燼。這不是愛情，是火災。

抱著結婚的目的去談戀愛，把男女交往中的溫情與感動都錯過，那結果肯定不會有婚姻了。在愛情裡做婚姻的事情，把戀愛談成了只差一張結婚證書，那結婚更是遙遙無期了。

生活給我的六個巴掌與擁抱

第一次

幼稚園時，我一隻手的拇指得了灰指甲，需要每天都在裝滿藥水的瓶子裡浸上一會兒才能治癒。晚飯後，爸爸就會坐在小椅子上，我則和他面對面坐在更小的木凳上，依偎在他的懷裡聽他講故事，也就能安靜地把拇指伸進藥瓶中了。

爸爸總是張開雙臂把我滿滿地攬在懷裡，一邊講故事一邊輕輕搖晃著身體。我不記得更小的時候睡搖籃是什麼滋味，但長大後爸爸輕搖著的懷抱，就是我記憶裡的搖籃了。

爸爸是女孩生命中最愛她的那個男人，被父愛深深呵護過的女孩，長大後也往往會表現得更加自信和寬容。爸爸的擁抱，溫柔得讓我不能不在沒有他陪伴的歲月裡好好珍愛自己，不然，他一定會難過。

第二次

年輕時愛情總是驚心動魄，失戀更是山崩地裂。某一年夏天我被愛情所傷，帶著一道原以為再也好不了的傷，獨自去旅行。那時候長江三峽還是最原始的模樣，郵輪上全是陌生人，反而讓我感到安全。

「兩岸猿聲啼不住，輕舟已過萬重山」，小時候背過無數遍的唐詩宋詞，只有當你站在傍晚的船頭，讓江面上的風掠過雙肩，才能感觸到自然的博大神奇。忽然想流淚，為了之前如此淺薄的傷愁。

一個大男孩走過來攬過我的肩膀，他是同船的臺灣遊客，他說：「讓我抱抱你。」我猶豫了一下，並沒有拒絕。他把我抱在懷裡，我看到他性感的喉結微微抖動，身上有好聞的肥皂香。「不論發生了什麼，都會好起來的。」他說。那一刻，我覺得我已經好了。

兩個陌生的人，一個陌生的擁抱，就沒有然後了，卻溫柔了我好多好多年。我從此謹記，哪怕走進最黑暗的人生境遇，女人也要擁有一個好看的樣子。

第三次

我獨自旅行，遇到暴雨坍方，被堵在大山深處兩天兩夜，我跑到高處才好不容易找到一格手機信號，給他打電話說自己好害怕，不知道多久才能等到救援。他說：「你等著，我就來！」

然後，我的手機就沒電了，接下來的時間更難熬，我在川藏線上，他遠在北京。第三天凌晨，我在大巴士上被凍醒，下車走走，道路崎嶇至極，景色卻又極美，日月同輝在山谷上。

我忽然聽到摩托車的聲音，回頭看去，他正從一輛已經分不出顏色的車上下來，穿著的衣服同樣泥濘得分不出顏色。他站在離我十幾公尺的地方，微笑著向我張開雙臂，我向他狂奔而去，狠狠地撲進他的懷抱。

都說女人是男人的一根肋骨，而擁抱就是回歸本位。多年後，那個擁抱還是溫柔得讓我能夠釋懷，緣起緣散後的不說再見。

第四次

有一年，我的婚姻轉眼就只剩下身後的行李箱。上海好友的先生深夜把我從蘇州接到上海，走進她家的時候我還是覺得天都塌了。

朋友只是狠狠看著我不說話，我則有氣無力地躺在了客廳沙發上。她和先生在廚房忙碌早飯，先生問我：「儂要喝豆漿還是牛奶？」還沒等我說話，女友還是沒好氣地回道：「給她喝牛奶！看她都瘦成什麼樣子了！」

等她拿著牛奶走過來的時候，我卻搖搖頭不想喝。她把杯子放在一邊，然後使勁抱起我的上半身，再拿過杯子餵我喝牛奶。我一邊喝一邊流眼淚，她就這樣把我抱在懷裡好久，還是不說話。

這是平生唯一一次同性間的擁抱，溫柔得勝過萬語千言，讓我慢慢暖過，又好好活過，此後再也不說要放棄自己。

第五次

因為感冒吃藥的不良反應，我大病一場，上中學的女兒從沒看過我那副虛弱的樣子，像是被嚇壞了。她擔憂心疼地說：「媽媽在我心裡一直無比強大，怎麼也會生病呢？」

連著幾個晚上她都要和我一起睡，還緊緊抱著我的一隻手才能安穩睡著。我看著她熟睡的樣子，像極了自己的。遺傳這件事奇妙無比，自己會慢慢老去，又看著另一個小小的自己慢慢長大。

當我終於起床，在清晨的陽臺上活動身體，覺得好多了的時候，女兒突然撲過來緊緊抱住了我。那一刻我才感覺到她長大了，居然可以把我抱在懷裡。「媽媽，你一定要好好的，不然我怎麼辦呢？」女兒說。

女兒的擁抱告訴我，成長的路很長，她需要我無比溫柔又無比堅強的陪伴。

第六次

單身的日子裡，與其說等著有人來愛我，不如說我在慢慢習慣一個人的生活。女人在人生的某些階段，花大量的時間相夫，為他做無底限妥協，跟他保持步調一致，還不如用來經營和打理自己，真正開始去過自己想過的生活。

日子簡單得只和自己有關，和任何人都無關，久而久之連寂寞都成了自己的朋友，一個人度過的時間和兩個人度過一樣快樂。他走進我的生活純屬意外，但兩個吃貨還是碰撞出了火花，相約要一起吃遍這個城市裡所有的美食。

有一天，他忽然走過來從後面抱住我，又把他的頭放在了我的肩膀上。自己的心在瞬間就被溫暖融化，這樣的一個擁抱，讓我感覺到韓劇中類似的片段一點都不煽情了。

有的人對你好，是因為你對他好；有的人對你好，是因為懂得你的好。這樣的擁抱再次溫暖到我的心，沒有地老，沒有天荒，只是這一刻想和你在一起，同樣美好又僅此而已。

我被溫柔擁抱過六次，在這樣的擁抱裡，我感覺自己一直被這個世界溫柔相待，即便心情沮喪，也不會失去快樂的信仰。我也努力讓自己慢慢變得更加溫柔，向世界傳遞善意的關懷與溫暖，我相信生活一定會因為我堅持的事情，又變得更美好了一點。

我相信男人，更相信自己

幾年前在新浪博客寫到點擊千萬的時候，曾經有過和讀者相約下午茶的互動，其間見過不下百位來找我傾訴各種情感困惑的女子。再加上收到的各種郵件、紙條、私訊、留言，這些痛苦大多和男人有關，最終的結論也出奇相似，就是很難再相信男人。身邊的女友也遇到過此類情況，一次離散之後多年都難再相信人，也因此不願觸碰愛情。沒有相同的經歷很難感同身受，更無法真正瞭解男女分手或是離婚的過程中，有多少顆心曾經深愛，就有多少顆心痛到極寒。

我個人的情感屢戰屢敗，又屢敗屢戰，因為一直追求純粹的情愛，幾乎忽視所有的外在條件，所以我的情感有激情也有失望，有相守也有分離，這樣的大起大落是我應該承擔的後果。我的選擇本就是一種很不容易把握的生活，如果我可以退一步底限，也能有表面上的天長地久，但這方面我一點都不願將就。情感上看似坎坷，但多年來我卻收穫了個人的成長與改變，我也更喜歡現在的自己。我從來不會事後責怪抱怨前任，即便心碎在地上自己都無力撿起，我也清楚地知道他愛過我，也在用自己的青春相陪。分手是我的決定，如果因此就懷疑曾經的誠意，顛覆曾經的深情，是我欠缺修養。

於是我有難過到不知所措的時候，有一晚在做了個結束的決定後，凌晨給閨蜜發訊息：「我心裡難過得要死，撐不下去了。」她肯定是睡著了，於是我勉強爬起來，換了衣、化了妝、滾下樓，叫了車去醫院。急診醫生拿著我的心電圖看了又看，說：「看不出有什麼問題。」我說：「可我就是心臟快停了要死了的感覺。」醫生又看了我一眼，說：「你要是不怕疼，就抽個血再查查吧。」很少進醫院的我，抓到救命稻草般地點了點頭。

結果，好粗的針管好長的針頭，從手腕處直插到動脈取血的時候，我疼得眼淚忍都忍不住，比失去那個男人嚴重多了！檢查結果同樣是沒問題。醫生說：「我就說你沒事吧，心臟很健康也很年輕。」

我還緊壓著抽血的傷口不敢放，嘟囔著：「你知道我沒事還給我抽血，原來那麼疼。」

他摘掉了口罩，笑了笑：「你可以放開手腕了，沒事的，我們這裡搶救設備齊全，你現在心裡還難受嗎，要不我們把能做的檢查都做一遍？」

我長長呼了口氣，覺得好多了，於是搖了搖頭。醫生又說：「我看你啊，就是半夜不睡覺想得太多了。」

我忽然臉紅，因為想起了楊絳先生說的這句話：「你的煩惱都是因為想得太多，書又讀得太少。」我羞愧難當，趕緊回家讀書去了。

我在面對離散，也有過此番無法言說的痛楚，其中最擔心的就是害怕以後也會不相信男人，不相信愛情，如果分手後是這樣的一個最終結局，那對我來說才是最嚴重的事情。所以，即便有了這種可能性，我也會努力修復心傷，努力釋懷不快，何況每個男人都不一樣，有時候或許只是自己運氣不好罷了。身為女人，在成長的歷程裡我曾經或多或少得到過男人的關愛與呵護，和愛無關的讓我感動，和愛有關的讓我長大。於是一路走來，我仍然能夠用快樂與幸福做總結，用寬容與美好做回憶，在心靈上與以後還會愛我的男人同在。

不論女人的一生遇見了誰，又經歷了什麼，我一直堅信我們自身的某些東西，比如教養、性格、人品、心態等等，才會導致讓我們最終走上不同的路，從此也擁有了不同的人生。我相信男人，但更相信自己，我的成長在於我不再只用眼睛看人，而是用心和時間。如果自己已經是個有細節的人，那別人身上的細節更能看出教養和品質。你擁有了這些特質，至少你的相信會成全你更加快樂的生活，而不是處處防不勝防，總是沒有安全感。你要自信你才會美好，你要自愛你才會有魅力，你要相信別人，你才會被別人信任，你要先照顧好自己，才會有人願意來照顧你。

女人也不要總是擔心會被男人騙財騙色，錢在自己的銀行帳戶裡，你若不給，誰也難搶去。至於色，成年男女就要對自己的行為負責，如果是你情我願，自己承擔後果無可厚非。女人當然要保護自己，所以才要你提高自身修養，以便能用心看人，能用細節去判斷一個男人的基本素質，而不至於身體寂寞靈魂更是荒蕪。不挑剔對方細節，卻挑剔外在條件，我從不認為這是一段好姻緣的開始。

不要相信壞人會變好，但要相信不是所有的人都壞；不要相信婚姻能夠改變命運，但要相信愛情可以讓我們變得更好；不要相信世間沒有好男人，但要相信好女人獲得幸福的可能性更大；不要相信過去會影響未來，但要相信你的現在即是你的未來，所以每一天都不要放棄你的夢想與努力，你的提昇與進步。

我相信男人，是因為我更相信自己，能夠在情愛江湖至情至性又不易滄桑，能夠保留情愛的初心又不易愁傷。愛的時候好好愛不留遺憾，不愛的時候好好分手，不留懷疑，來的時候擁抱，去的時候不留，忠於自己的選擇並且承擔選擇的後果。我也可以揮一揮衣袖不帶走一片雲彩，是因為我知道一個女人通過自身的努力，她的生活也能夠和男人一樣寬廣。

為生活做減法，只愛很少的幾個人

我在父母家人的寵愛中長大，一直覺得這是一件最幸運的事情，他們傾其所有給了我全部的世界，又用他們的愛，照亮了我前方的路。父親告訴我：「在我眼裡，童話中公主的樣子，就是你的樣子。」媽媽告訴我：「你不論飛到哪裡，都在我們心裡。」

女兒蹣跚學步卻總是第一個奔向我的時候，愛的力量會再次積聚在心裡，為了給女兒鋪出一條帶著暖陽的路，我努力把自己變成了雨天的太陽。即便她的選擇是走得更遠，獨自長大也不代表她會就此孤單無助，她那顆已經裝滿愛的心會時時溫暖她自己。我說：「我就在你的身後，離你只有一個轉身的距離。」

朋友昨晚去相親，深夜裡發了張獨自坐在咖啡館裡的自拍，說：「相親就是為了讓自己受到打擊的嗎？」

我反問：「你相親卻是素顏，上了一天班，你真覺得自己的臉還很漂亮？」

女友片刻才回：「時時煩躁，心中無愛，只有債。」她是位職場達人，總是不停為自己訂計畫，就算計畫完成也會因為忙碌看不到驚喜，曾因沒辦法完成，罹患暫時性焦慮症。去年男朋友離開後，她也反思過：「我總是不能控制自己的壞情緒。」

女友擅長做生活的加法，這原本沒什麼錯，我們都需要在該拚的年華全力以赴，但如果不會做生活的減法，拚才華的同時也會失去顏值。我們原本都是可以拚臉的，你卻非要在拚才華裡先輸掉了臉，是不是很可惜？我走到窗邊拍了張照片發給女友，說：「你現在買單離開咖啡館，不用打傘就淋著，體會一下北京初秋雨夜的美，然後再看看自己還有沒有愛。」

給生活做加減法的原則，就是把握住工作和生活的重心，在此基礎上，加上自己的努力、涵養、精緻和不認輸。瞭解到工作和生活的瑣碎，在此前提下減去自己的焦慮、比較、抱怨和不知足。加法是我們的夢想與努力，堅持相信自己，在夢裡能到達的地方，總有一天腳步也可以抵達。減法則是為了保持是我們生活的情趣與真愛，永遠不要停止相信自己，不念過去不畏將來，漸漸體會生命的豐盛。心自由，生活就自由，到哪兒都有快樂，心簡單了，世界就簡單，幸福才會慢慢生長。

在童年階段，我們需要的愛來自於父母的陪伴和身教，在成年邁入社會以後，大部分應該來自於我們自身的豐盛。如果在需要愛的時候沒有得到，就有可能在今後的日子裡不斷要求和索取，想得到那種疼惜與溫暖，可結果卻往往事與願違。在青春不再的年齡面對生活和情感，如果還不能收放自如進退得當，依舊去固執苛求愛情的濃烈，或附加太多的條件，是一件不實際的事。事情的真相常是因為愛而失去愛，抑或，愛到不能再愛。而有這般遺憾與傷心的，只怕是男女一大堆。

即便你的童年缺失足夠的愛與重視，成年後的你也應該先儘量去補償自己心靈上的缺失，那些總想著要被別人的愛成全的人，幾乎都在陰霾裡哭泣。不會愛自己就不會被人愛，這幾乎是真理。我們的生活要靠自己成全到了盡善盡美，愛才會如期而至，成全了錦上添花的生活。人心並非難測，而是不想讓人測試的時候，就會盡顯灰暗；情感不是難安，而是心不在你這兒的時候就會盡顯涼薄。

要得太多的人怎麼也不會簡單，因為很多人都不簡單；愛得太深的人也怎麼都不能簡單，因為很多愛都是糊塗。別總是把自己的心弄得好像很滿，什麼事情你都要忙著兼顧在乎，結果是一個人走了，下一個人還沒來，但你的心就已經空成了一座廢墟。

實際上很多人原本都可以簡單生活，只是愛情這件事常常會打亂我們的計畫，而人際關係更會讓簡單的人變複雜。當可愛之人總是和自己失之交臂，相處變成了悲情守望，一顆心總是無處安放的時候，簡單就會被遺落風裡，滿是塵埃面目不清。該經歷的一一經歷，該得到的沒有錯過，該放手的不去糾纏，就算現在的你還在孤單，可誰又能說你沒有得到過很多的愛呢？

我們正在好好愛自己，那心靈深處自己點燃的燈火，從未曾熄滅過。簡單是我們能夠輕鬆生活的真諦，也是讓情感生活得以平靜從容的祕訣。簡單不代表著無欲無求，那是一種自以為看破紅塵的蒼涼，簡單生活其實是做長遠計畫，提現實要求，愛可愛之人，做平淡相守，過安穩日子。

不如只愛很少的幾個人吧，比如父母，比如子女，比如一個也愛你的人，你從此只要在乎這很少的幾個人的感覺就好，然後堅持走「狗」的路，讓不懂的「貓」去說吧。這世間有千萬條路，不同路的人也萬萬千千，何必在意？哪怕只是同行過一段路，也是好的，然後在分手處微笑著告別，但不必說再見，每個人的一生都是如此，好多人來又好多人走，我們其實沒有那麼多的時間留給傷心。

面對紛紛擾擾的世界，我們的生活卻可以在別處，愛人也在別處，這樣的日子簡單到關起房門，不快就煙消雲散，然後又一天開門喜迎新的太陽。傷害不斷的愛都不是愛，左顧右盼的情都是濫情，你不會愛的時候，你的愛或許就是別人眼裡的麻煩，你會愛的時候，你的愛才是別人生命中的一盞燈火。

愛的人少了心才會輕，慢慢地日子也就簡單了，我們才得以在穩定的情感和纏綿的溫暖中修身養息，漸漸地就自然會事事如意了。

我已經不再需要很多的愛了，也只愛很少的幾個人，我將加法裡的永不懈怠，減法裡的淡然堅守，慢慢釋放在最現實的生活中，過一種紅塵邊上的世俗日子，拚臉也要拚才華，拚愛情也要拚簡單。

和自己美麗的靈魂在一起享受孤單，
哪怕歷經生命的磨難也永遠不分開，
就算還是沒有遇見另一個人，也在我們自己的幸福裡，
一邊吃石鍋拌飯，一邊欣賞歲月靜好。

策劃一場平靜的分手

梅最近在策劃她的第二次離婚，與其說是「策劃」，不如說她是獨撐。結婚多年後的分手，免不了會有些經濟上的牽扯，梅要留下現在的房子帶著孩子生活，就得補償給丈夫一部分房款，而北京城內的房價多高，你知道的。我感到奇怪的是，梅說這些話的時候平靜地看不出任何痛苦，換個女人早已天崩地裂，何況是個不再年輕的女人。那天咖啡館裡人不多，背景音樂是迪克牛仔的「有多少愛可以重來」，我其實也最聽不得這首歌，說不清道不明的傷感，才是難以揮去的惆悵，站起身想讓吧臺後的帥哥換一首，梅卻擺了擺手。

「你是不是覺得很奇怪，我為什麼不愁眉苦臉？可我現在哭給你看有用嗎？沒用不如笑一下，我喝完咖啡該做什麼就做什麼。」梅居然笑了笑。

她剛從健身房趕過來，這幾天北京倒春寒，她還是只穿著件白色的運動套裝，額角被汗洗過的頭髮垂下一縷，笑的時候有少女般的味道。

「發生那麼大的事情，你居然還有心情去健身？」此時我又見到一朵奇葩，開得正是豔麗。

「愈是這個時候就愈得健身啊，免得心情不好影響到身體，這就叫禍不單行了，孩子還得指望我養活呢，我不能出事。」梅回答，服務生送上她點的蔬菜沙拉。「這段時間心情不佳食欲不好，就趁機減減肥，回歸我做女孩時的體重。」

「難道現在就在準備將來的新戀情了？」我開玩笑說。

梅認真地搖了搖頭：「我想離婚只是因為不愛他了，眼前我做的一切都是圍繞怎麼妥善解決這個問題，包括該給的錢一分不少，其他自己想辦法去賺，還有暫時離不了就先分居，我可以保持沉默，不說也不聽傷人的話。只要經濟上沒糾纏了，婚也就好離了。」

我不用問梅為什麼要離婚，她是個不停要給自己定小目標的女人，對自己有要求，對身邊的人也有要求。之所以說是「小目標」，是因為看起來都很平常，比如要學開車，要增加收入嘗試自己沒做過的事，要買個ＬＶ包，要陪孩子去千里之外摘荔枝，要在某個城市花開最美的時候奔赴那裡重溫時光等等。所以梅的生活從來容不下空虛和逃避，她會把小目標拆成眼下馬上要動手做的事，並且雷打不動堅持，不論生活發生了何種變故，梅的日子看起來還是一切照舊。

我當然能瞭解這種看起來是目標的事情，其實就是讓自己每一天都能夠活得充實，可在情感和生活發生突然變故的時候，這種堅持的後面需要多大的耐力？可梅說：「我用這樣的方式儘量去觸摸生活的質感，就會獲得生活的希望和努力的方向。」

所以每過幾年我都能發現梅的成長，她的眼神愈來愈平靜，從不抱怨，更少傾訴。長大的孩子也開朗乖巧，已經知道去關愛和陪伴媽媽，這是讓梅很欣慰的地方，單親媽媽的擔憂裡，有孩子的健康成長，婚姻的變故並沒有影響梅對孩子的保護和教育。梅痛苦難當的時候，就一個人去咖啡館坐會兒，一個人去電影院看場電影，再或者週末和孩子出去吃好吃的，再打包份甜品當茶點。梅說：「這個社會讓每個人的壓力都很大，特別是你想生活得有品質一點，就要經歷和承擔更多，我們至少應該去愛一個能給自己正能量的人，而不是看著對方自私逃避，還要為他處理麻煩。好的愛情，要男女的共同成長，或許別人在這種情況下不會選擇離婚，表面看好像沒那麼糟糕，但我一定沒辦法不愛了還將就婚姻。」

梅吃完沙拉，隨手拿起桌上的便條紙寫道：一、努力工作，儲備離婚所需。二、健身讓自己不生病。三、減肥回歸少女的體重。四、離婚後安排一場和孩子的旅行。五、以後的目標以後再想。然後她把紙條推到我面前說：「看，眼前的這段日子我會好忙。」我知道，她吞下了後面的一句話「我也會好難過」。當我們發現一個自己曾經深愛的男人，卻一直最愛的都是他自己，身為女人這該是怎樣的一種失望和難過？梅說：「大家在婚姻裡會考慮很多，比如孩子、財產和名聲什麼的，我考慮的就是愛不愛了，愛了就結婚，錯了就糾正，不愛就放手，我還有很多生活的目標要去努力達成，愛情只是其中的一部分，可以牽手相伴，但終究不能替我決定我的人生。」

梅的處理方式，不光避免了撕碎痛苦的不堪，也保留了各自的體面。不用上演撕破臉大戰，傷得再深、分得再痛，我們也要呵護好一顆有溫度的心。既然不能再同處一屋，不如就策劃一場和平分手，遺忘是留給彼此最好的紀念。我們或許都和梅一樣，在不長不短的人生中，有錯過也有過錯，可之後呢？梅收拾起心情又再次出發了。心情就像我們穿的衣服，髒了就拿出來洗洗、曬曬，陽光自然就會蔓延開來了。

我們沒有資格去嘲笑梅永遠如少女的愛情觀，人家屢敗屢戰，用的都是自己的勇氣，堅持的都是自己的堅持，和別人無關。積極面對解決問題，接受不能改變的結果，不要為了生活瑣事和情感傷害，就向這個世界認輸，因為你還有很重要的個人夢想，和愛情無關。

永遠不要停止相信自己，不念過去不畏將來，
漸漸體會生命的豐盛。
心自由，生活就自由，到哪兒都有快樂，
心簡單了，世界就簡單，幸福才會慢慢生長。

第五部

眼淚是春雨，把女人澆灌成一朵花

女孩要活得像朵燦爛的花。
你必須學會珍視自己，不容忍無謂的傷害；
你活得優雅，就不會在繁華裡迷失，在慘澹中凋零。
自珍是優雅的底氣，而優雅可以幫助你直視最慘澹的人生。
如珍珠般無瑕的優雅，是我們對生活最大的敬意，
其他的老天自有安排。

關鍵時刻勇敢出手，別空等緣分砸進碗裡

迪士尼真人版《仙履奇緣》在白色情人節上映，影片展現了觀眾耳熟能詳的童話故事。因為編導加入了「媽媽講故事」般的溫暖旁白，「勇敢而善良地活下去」這種心靈雞湯式的勵志主題，還有灰姑娘仙杜瑞拉即便深陷嫉妒和虐待也不變的純真笑顏，讓這位「灰姑娘」擺脫了「瑪麗蘇」（編按：指一個原本平凡而低微的角色突然變得無所不能，常被評為作者過度理想化。）」的矯情和苦情，因為愛而美麗，因為教養而寬容，因為勇敢而堅強，又因為善良而幸福。「灰姑娘」經歷了千辛萬苦，卻不向絕望低頭不言放棄，儘管面臨最困難的時刻也是在自己拯救自己，她努力做好了一切能夠嫁給一位王子的準備，但還是需要最最關鍵的那個機會。

終於，仙杜瑞拉在樹林裡遇見了瀟灑迷人的陌生人，她以為他是王宮的隨從，卻不知他竟是王子。她的美麗和善良也讓王子著迷，比起很多所謂的內涵，

灰姑娘在生活中拚的這般氣質，更能在不經意間閃爍出絕美。隨著王宮向全國少女發出舞會邀請，然後是神仙教母翩然而至，用一雙水晶鞋幫助灰姑娘永遠改變了人生。

現代灰姑娘在生活中也是極少數，至少要先有能拚得起的顏值，男人都喜歡美女，王子也是男人，還要有能邂逅王子的機會。嫁給威廉王子的凱特，不僅僅是出身貴族而已，父母是中產階級，她畢業於蘇格蘭聖安德魯斯大學，美麗開朗的同時，在學校裡也是個活躍又優秀的學生。而聖安德魯斯大學在英國排名第三，其悠久的歷史僅次於牛津和劍橋。除了擁有美貌，還要有超出一般的教養、天資和學識，又要付得起昂貴的學費，進得了殿堂級學府的藝術系，才能與王子同窗，並且引起他的注意。看看前幾年裡大婚的各國王子中，身邊的王妃就算是平民也都不是什麼醜女，而且個個是經歷不凡的魅力典範。

灰姑娘除了拚臉還要拚機會，坐等舞會不就成了守株待兔？只怕轉眼就是自己的地老天荒了。爹媽給的臉就算不漂亮，也不是你現在就不能拚臉的理由，護膚美白，充足睡眠和快樂心境都能讓你煥發光彩，而那些真的拚得了才華的女子，又有哪個不在乎自己的臉？別被一些心靈土雞湯糊弄，以為只修內在就能嫁王子。歷朝歷代都看臉，不是這個時代有多奇葩，不肯面對這個現實，再怎麼修內在沒有顏值，也只是一個自以為是的土包子。至於機會，愈努力你才會愈幸運，自己才能夠給自己爭取到機會，越勇敢你才會走得越遠，在更廣闊的天地裡遇到你的王子。

我欣賞這樣有備而來的姑娘，對自己所愛所求不掩飾不退縮，懂得運用或修練自己獨特的優勢，讓過盡千帆的王子留下深刻印象，關鍵時刻該出手時就出手，別坐等緣分砸進碗裡來。

最近的生活和工作都有點忙，在各種約稿和催稿下寫得有些疲憊，努力和堅持在沒有好消息的日子裡，也會顯得有些彷徨。前幾天又接到電話，對方要一部劇本策劃，因為內容裡有我曾經為之癡迷的地方，於是擠出時間咬牙接下。約稿方的老總親自一通又一通電話地和我溝通內容，交稿的時間也被一再提前。我終於在某天凌晨三點把策劃案發進對方郵箱，然後倒在床上美美睡到了中午，可醒來一拿起手機就看到，對方在五點的時候就回覆了內容詳細的郵件。已經是位成功人士，卻還是這般拚，原來，別人都在我們看不到的地方更努力。

灰姑娘的勇敢善良不是白紙一張的懵懂，而是什麼都懂了，還願意以美好的心靈和非凡的勇氣，面對哪怕依舊是瑣碎殘酷的生活。仙杜瑞拉先是從富家小姐淪落到僕人，度過了一段沒有疼愛、沒人幫忙、沒有支援、看起來毫無希望的日子，可她初心不改地拯救自己並且堅持下去，一切才會變得不一樣了。嫁給王子的機會終究是她自己拚來的，之前所有的苦難原來都是成長和準備，又足夠幫她成為王后了。

童話故事緩緩拉開帷幕，邪惡繼母、兩個壞姐姐、神仙教母、英俊王子悉數登場，南瓜馬車、華美禮裙、水晶鞋，還有經典的變裝時刻一一亮相，蜥蜴隨從、大鵝車夫、老鼠駿馬，搞笑而親和，伴隨著華麗的皇室舞會場面，王子和灰姑娘共舞的驚豔，將純淨愛情華麗麗地推向了高潮。

真人版電影《仙履奇緣》更像是一部精雕細琢的愛情文藝片，至少會讓每一位走進影院的女子心潮澎湃。女人有一個「灰姑娘」夢沒什麼不好，我們的心中或許都有一雙水晶鞋，有夢想才會有努力，有努力才會有堅持，有堅持才會有機會。社會學家研究證明，難看的和沒錢的男人，並不比那些高富帥更靠譜，又據說，遇到高富帥的機會比中樂透的機會高一點，那你幹嘛不去拚一拚、試一試？一個夠資格的灰姑娘，是不需要被男人拯救的，她只需要他來愛她，然後共同去發現和分享這個世界的美好。

電影的結尾也是出乎所料的，除了灰姑娘從此和王子幸福地生活在一起，繼母帶著兩個女兒和公爵大人遠走他鄉，貌似也一家生活在一起了。可見，即便是壞人也未必會有惡報，所以我們首先要做的，就是一定要努力過得比壞人好。

伊能靜的婚紗，踩痛了誰的尾巴？

四十六歲的伊能靜再嫁小十歲男友秦昊，婚前她在微博曬出試穿婚紗的照片。照片中的伊能靜身披白色長襬拖地婚紗，露出性感美背，四十六歲的身材依然苗條漂亮，把身上那件婚紗穿得極美。

原本這是一件好事，沒想到圍觀人群中卻嘲諷聲漸起，甚至挖出了許多她的前情往事，好像人家的曾經都是濫情，如今還高調二婚就是大逆不道。再看下去，不少惡毒的污言穢語是出自女人之口，我笑了。那些罵同性是「蕩婦」的女人，自己往往連「蕩」起來的資質都沒有，醜人多作怪，愈是猥瑣無能之輩，就愈是喜歡當別人的「道德講師」。

近幾年一些所謂的女權者，鼓吹女人就得把自己打造成無所不能的女漢子，才是和男人平等的基礎。女人除了要獨立養活自己，還得出得廳堂下得廚房，生了孩子爹沒得拚就去拚媽，陽臺上種綠色蔬菜，家裡面烘焙餅乾蛋糕，上班是賺錢的女強人，回家是孩子的好媽媽，上了床還得是丈夫的綠茶婊。如果非得做到這樣，女人才能獲得平等的權利，那我情願大樹底下好乘涼，畢竟這也是一種本事，而且只有更少數的女人才能做到。

更虛偽可笑的是，一些女人一邊在男人面前自稱弱者，一邊在同性眼前面目可憎。即便是武則天那般的女子，也被現在的電視劇改編成了「瑪麗蘇」和「白蓮花」（編按：看似聖母，卻總是在不經意間就害了人。）一味討好男人、犧牲自己、母愛氾濫，彷彿女皇的位置都是委曲求全求到的，完全不用考慮躺在乾陵裡的她老人家會不會被氣醒。男人的天下向來都是殺伐紛爭贏來的，而女人要想如此成功更得加倍狠心，這一點毋庸置疑。

伊能靜的婚紗，是要娶她的男人為她披上的嫁衣，人家眼裡妻子是世上最純潔的女子，配得上任何一款婚紗。被伊能靜的婚紗踩痛了尾巴的人，不過是些從來沒被男人寵愛至此的可憐人罷了，那你好歹也寵愛一下自己，學會閉嘴和反思。什麼時候女人不再惡毒地攻擊女人，或許男人才能徹底明白，我們和他們一樣擁有選擇的權利和能力，也唯有尊重女人才能為男人贏得榮光。

隨後又看到伊能靜在微博中表示：「沒有穿過正式的婚紗，沒有辦過婚宴，家人第一次參加，好友祝福亦是初次。本以為此生不會有了，所以非常感恩。謝謝關心也謝謝嘲笑，祈禱這世界每個人都幸福，當我們幸福才會祝福。也祝福生命中每個人，相信再愛一次時，會給身邊的人光明的愛和天地的見證。願愛我恨我的安好喜樂，夢裡亦是幸福的笑聲。」是的，人家現在幸福得「連惡毒的語言都想擁抱融化」了，既然如此高調就有足夠的能力去承擔，這是真正強勢女人的人生選擇，不是能征服什麼，而是能承受什麼。

我讀過伊能靜的書《生死遺言》，寫了些癡男怨女的愛恨纏綿，但這般不食人間煙火的愛情，在現實生活中大多沒有什麼好結果。說實話，看到書名我是不太喜歡的，不過都是年輕時候的愛情，談快樂就好，說生死太重，何況陪到最後的那一個人，還不知道是誰。上面微博中的那段話倒是比這本書更好，她在愛裡成長得光彩照人。在我眼裡，伊能靜是那種拚臉夠格、拚內在也不錯的女子，這已經是女人中的上等了。而如今再次穿上婚紗的她更能證明，這樣的優質女性，不愁沒有男人的追捧，也不缺女人的喝彩。

祝福伊能靜，我看到穿著婚紗的她真的很美，已經跨越了年齡的界限。她驕傲地站在那裡，告訴全世界的我們，在男人的愛裡，女人又拚得過歲月了。這個故事真好。

她努力沒有活成別人想要她活成的樣子，笑容的背後是她咬緊牙關的靈魂，不一定是世人眼中的最好，但她這些年不停收割的是自己的血肉悲歡，就終是會成為最好的她自己。

善良是一種選擇

費雯麗是我最喜歡的演員之一，更喜歡的是她用那一雙透著靈性、精明、貪婪的綠色眸子，將《亂世佳人》中的女主郝思嘉表現得淋漓盡致，美麗驚豔得就像一團火。郝思嘉是莊園主家的大小姐，深愛的男人衛希禮卻娶了謙和溫順的美蘭，為了報復，她嫁給了美蘭的弟弟，可不久就成為年輕的寡婦。

而第二次婚姻則是搶了她妹妹的未婚夫，郝思嘉受盡男人的追捧，卻一直被女人詬病，包括她的兩個妹妹，她唯一的朋友就是她的情敵美蘭。她卻忽略了瞭解並且深愛她的白瑞德，他風度翩翩有正義感，也倒賣軍火發戰爭財，其實他們倆有著許多共同的東西，叛逆、勇敢、拒絕束縛、反叛傳統、敢愛敢恨。他們倆都是那種，所謂「善良的壞人」。

我一直認為郝思嘉也是個善良的女人，在困難的時候敢於承擔責任，雖然也有過動搖，但仍然拚盡一個女人的力氣去做。她的整個青春都在愛衛希禮，沒有回報仍沒有放棄努力，又因為對衛希禮有過照顧他妻子的承諾，戰亂中她留下來幫美蘭接生，找到白瑞德衝破重重阻礙和關卡回到家。她遭受了媽媽病亡、父親癡呆、家園被毀、一窮二白的多重打擊，仍舊不屈不撓。帶頭種田幹活，喝令妹妹下地摘棉花，打死來搶劫的無賴，照顧美蘭、孩子，以及患有戰後創傷症候群、頹廢的衛希禮，獨自支撐一家人的生計。

郝思嘉和白瑞德結婚，儘管婚姻一波三折，女兒也不幸早夭，但她在整個過程中表現得甚至比丈夫還要堅強，因為她的心裡還有她的莊園和木材廠，還有需要她照顧的人。她為去世的美蘭傷心的時候，白瑞德告訴她：「美蘭不像你，她只有一顆善良的心。」美蘭在影片中是個近乎完美的女性，也正因為如此，反而顯得不那麼真實。

而郝思嘉的善良卻隱藏在彪悍的後面，她永遠不去想昨天，而在對明天的希望裡，告訴自己今天必須堅強！她是一位真正做到不念過去，過好現在，並且能夠放眼明天的女人。即便穿著窗簾做成的裙子，也美得驚心動魄。她懂得利用自己的優勢，又能夠承擔選擇的後果，她承認自己喜歡錢，因為錢能夠讓她和她愛的一切安穩。她甚至也用刻薄的面目對待別人，深受男人的寵愛，也承受女人的詆毀，但她從不解釋。我們看著她把家園愈建愈美，她的親人、朋友、保姆、傭人都被她照顧關愛，她不需要那些不愛她的人知道她的善良，她甚至不去對那些不願對她微笑的人微笑。

多年前我在廈門住過一段時間，常去廈大旁聽感興趣的課程。班裡有位學霸級的女同學對我很不友好，後來才知道，因為我有時候會和她暗戀的一個男生有說有笑。我其實比他們大近十歲，說說笑笑也都是專業的話題比較多，女孩卻不能釋懷，經常明嘲暗諷偷打臉，以至於有一天男孩也跟我說，她一直自卑、心胸太小。有一次女孩在課堂上暈倒，我才知道她出身偏遠山區，完全要靠自己勤工儉學支付學費和生活費，不上課的時候到處打工，嚴重影響了休息。

我找到輔導員提出給這個女孩資助，除了剩下兩年的學費，每個月再補貼她幾百元的生活費。我有能力支付她全部的費用，可面對這種性格的女孩，讓她自己再做一點可能會更好。我跟輔導員說：「不要讓她知道是我在資助她。」輔導員問我：「這是一件好事，為什麼不讓別人看到你的善良？」我回答：「如果別人看到了，就會期望我一直善良，而我，或許做不到。」

那個女孩即便知道我幫了她，可能也會無法面對，因為我見過她最稚嫩和最不堪的時刻。家庭環境造成的陰霾，很多人一生都無法逾越，但我們可以默默行善，讓他們保留一點尊嚴，希望女孩能感受到這份溫暖，慢慢好起來。

聰明是一種天賦，善良卻是一種選擇，在自己豐富或是強大的生命裡，選擇去愛那些愛我們的人，力所能及撫慰弱小，給需要幫助的人以最實際的幫助，不計得失不要回報。做不到這些，就不要說自己是善良的，很可能會傷人傷己。

沒有底限的善良和愚蠢無異，如《伊索寓言》的《農夫與蛇》，農夫期待從蛇（惡人）那裡獲得回報，那些廉價的善良不會被重視，又總是傷了自己的心。你別那麼容易失去理智，謠言就不會四起；你別那麼脆弱不自信，好心或許就不全是驢肝肺；你別那麼輕信誓言，就不會有那麼多的壞男人；你別讓自己的善良人盡皆知，就不會有那麼多的期許和要求讓你心神俱疲。

一個善良的人首先應該成熟而理智，任何時候都有能力控制自己，並且有條件堅持善舉，不會被廉價的情感和言論煽動，更能夠原諒自己為生活所做出的任何選擇，或許有些決定不一定是對的，但當斷則斷，絕不猶豫也絕不退縮。做一個善良的人，不解釋的人生不是無語，而是不屑。因為夠彪悍，所以善良會來得更有底氣，也更有力量。

終究是因為我們的選擇，塑造了一些或彪悍或偉大的人生，所以善良比其他任何一種天賦和能力都可貴。

做自珍自重的公主，讓男人努力為你變成王子

一九七四年出生的林志玲，除了招牌式的娃娃音，人也是極漂亮的。她自小家境優越，擁有多倫多大學雙學位，她的美麗裡有種華貴的公主氣質，又帶著書卷的香氣。去年偶爾看到一部電影《王牌》，以「毀容+扮老」形象出現的林志玲，扮演一位看起來柔弱但內心堅韌的特工，關鍵時刻表現出的驚人勇氣，和生活中的林志玲很有一拚。電視節目《花樣姐姐》因為有了林志玲，我也從頭追到尾，一個女人被另一個女人所吸引的時候，不是因為愛，而是因為大愛。

節目裡的林志玲完完全全是本色出演，明明是其中最大牌的一位，卻謙和守時，又低調體諒。她是大家的美容顧問，兼職的景點導遊，也毫不掩飾自己吃貨的模樣，顏值最高、服裝品味更是模特兒等級，但她搬起一箱礦泉水上樓也不在話下，連工作人員也在被她照顧的範圍內。一路上她絕不給別人添麻煩的行為舉止，是不論普通人還是明星，都擁有難得的教養與品性。四十五歲的她並不忌諱

單身未婚的話題，她說：「目前身邊沒有男人追我啊！」很多路人心裡或許又會冒出那句「高處不勝寒」的話。

人和人彼此的誤解常常是生活中「話不投機半句多」的原因，用條件太好就嫁不出去來理解林志玲未嫁，太過淺薄。「高處不勝寒」的本意是指站在高的地方承受不住那裡的風寒，又被後人用來比喻如果一個人的境界愈高，能夠做伴的人就愈少，愈會感到孤獨寒冷。人少不代表沒有人能達到這樣的境界。人家偶爾的寒冷是身處高處的悲憫，路人眼裡的寒冷才是位居井底的糾結矯情。

林志玲那般的女性怎麼可能沒有男人追？只是她不喜歡的就不會給機會罷了。她懂得回避麻煩，潔身自好才有資格一輩子做公主，她並不拒絕真愛，不是王子的男人也都有一顆做王子的心。

上世紀七〇年代出生的劉若英不算太漂亮，拍片也不多，閒時寫書攝影，感性知性兼具，淡淡的，如奶茶般味道誘人。她還會用情感歌唱，歌聲中有一種表達的衝動與真誠，那是她的愛情、她的執著和她的美麗。直到她認識同樣喜歡攝影的鐘先生之前，奶茶一直輕輕鬆鬆單身著，甚至除了對陳昇曾經的深情，她連緋聞也沒有。她說：「我自癒性比較強，對待愛情的態度像頭小蠻牛，遇到喜歡的就會使出全部力氣去愛，我跟每個熟悉的朋友說，身邊有好男人就記得介紹給我。」後來有朋友介紹了鐘先生，四十二歲的奶茶結婚了，如今四十九歲的她已經是個媽媽。

奶茶說：「我過了三十五歲以後，對婚嫁之事反而變得淡定了，急也沒用，不如慢慢挑，一個人過一輩子也沒什麼不可以。」奶茶身上也具備公主的氣質，連等待都帶著倔強，單身時她過著連緋聞都沒有的清淨日子，留著最好的愛情給自己喜歡的男人，不在不喜歡的人身上浪費丁點時間。

她愈來愈細心地打理自己，用她的話說，她要做那種「豐富而有趣的女子」。她心有所念，好好生活，勇敢又淡然。陽光正好的日子裡，她穿著白襯衫和牛仔褲拿著相機穿梭在北京的胡同裡，吸引著她的鐘先生眾裡尋她千百度，不趕緊娶了就會日夜擔心。

有些女孩未嫁，不是嫁不出去，而是走到了高處，風景已然不同，即便愛情和婚姻是所有未嫁女孩的春心，人家也不願意放低身段去將就。她不給任何不喜歡的人機會，哪怕是真王子，但她會給她喜歡的那個男人時間，讓他在走向她的過程裡，努力變成與公主匹配的王子。她已經過好了一個人的日子，不是旁邊沒有別人不行，而是有了會更好；不是不想嫁人，而是要等到懂自己的人，這樣嫁了才會最好。

我聽外婆說過，以前不嫁人的女子往往都是些大戶人家的女兒，家裡不缺吃穿又有滿屋詩書做伴，就算時代變遷家道中落，人家也不嫁門戶不當之人，自己活出了品性貴重，依舊受到眾人尊敬。

「公主」和「公主病」的區別在於：一位女子自珍自重，一輩子像個公主般地驕傲無懼；另一位女子自卑不安，一輩子在渴望當公主的路上矯情惶恐。我以林志玲和劉若英舉例，你可能會說人家是明星我比不了，可我要說你就是個普通人，你可能又會說很多人都不能和你比。比上不足，讓你心生自卑不敢為之，找不到男人就把自己放到更低；比下未必有餘，你卻喜歡以高處自居，單身成了心病才會把自己的生活冷成了人生冬季。

做公主幾乎是所有女孩的夢想，這並沒什麼錯，即便你的爸爸媽媽疏忽了童年的守護，讓公主的夢暫時擱淺，長大後的你也可以憑藉自身的努力，寵愛自己一輩子做公主。單身也好，結婚也罷，這都不妨礙我們做公主的夢想，夠堅持夠狠，夠簡單夠真，夠獨立夠美，你就會成為最終被生活厚愛的公主。就算你未來的男朋友不是王子，他也會因為你的身價而努力把自己變成王子，能和你匹配與你執手，繼續呵護你的公主生活，因為他懂你啊。

愛的時候不虧待每一分熱情，
也絕不討好任何冷漠，
一旦攢夠了失望就要離開。
地球是圓的，路卻是直的。

用自珍的優雅，面對最慘澹的人生

一顆沙粒侵入了珍珠貝的身體，日日夜夜磨礪著她柔軟的心，卻無法徹底驅離，於是她把自身的細胞分裂出一半來包裹住沙粒，克服並且忘記了傷痛。月月年年，當有一天她舒展開身體的時候，那顆曾經使她痛不欲生的沙粒已經變成了璀璨的珍珠，因為凝集著她的血肉，綻放出的華彩也獨一無二。西方文藝復興時期的名畫《維納斯的誕生》中，維納斯女神隨著一扇徐徐張開的巨貝慢慢浮出海面，身上流下無數水滴，頃刻變成粒粒珍珠。

身為女人，我小時候受過的所有教育和寵愛可以濃縮為兩個詞：自尊和尊重。自尊就是要珍愛自己的身體和信譽，尊重就是要善待他人和尊重生命。我們對眼前的生活環境要保持敬意，任何時候都不以個人的喜好和苦樂，去評判別人的生活和抱怨這個社會。

古話說：「人有三起三落。」再普通的人都逃不開人生如此起落無常，或許不是最高到最低，但誰遇到了就是讓自己從最美到最痛，最甜到最苦，一度都是繁華跌到了慘澹。很多女人在這樣的時刻往往先拋棄的卻是自己，甚至拿別人的錯誤，把自己折騰得容顏憔悴，如果你面對慘澹是如此無力自拔，即便繁華來臨，你也無福消受。

一個女人最不美的狀態就是，在自己都不相信自己的時候，糾結要不要去相信別人；在自己都不珍愛自己的時候，去急著找個能珍愛自己的男人。

生於一九三一年的卡門・戴爾・奧利菲斯（Carmen Dell'Orefice），幼年投身模特兒界，七十八歲在倫敦時裝周上走秀，一派冰山女王的風度，在她身上使用頻率最高的詞是「無瑕的優雅」，今年八十四歲的她是全球年紀最大的模特兒。

她童年生活並不愉快，父親離家追求他的藝術事業，她和媽媽窘迫到付不起房租，大部分時間住在寄養家庭和親戚家中，若沒有暗礁和險流，或許不能稱為長河般的人生。卡門二十一歲與第一任丈夫結婚，生下了女兒蘿拉，這段婚姻只維持了三年，此後卡門又經歷了兩次失敗的婚姻和諸多羅曼史，至今依然單身。愛情和婚姻都曾經給卡門重創，甚至為此千金散盡，六十歲的時候還不得不從頭再來。可當有人在她七十高齡的時候問她：「愛情對你是否還重要？」她反問道：「呼吸對你重要嗎？」一句話把一位小女人的情懷道盡，也讓一位大女人的擔當盡顯。

失敗的婚姻、女兒的疏離、財產的喪失，在卡門光鮮亮麗的模特兒事業背後，竟是如遊戲一般跌宕起伏的人生。但卡門的笑容總是優雅明快，眼神堅毅而清澈，身材保養如少女，容顏老去卻不見衰敗，這樣的外在已經足以證明，她在面對人生慘澹寂寞時的堅韌克制，在面對人生繁華豐盛時的至情至性。作為一位女人，她已經活到極致，而作為一位職業模特兒，她用整潔、謙遜、守時的專業態度征服了眾多大品牌，以她在時尚界常青樹的形象來證明自己恒久可靠的品質，她同樣也做到了無可替代。「無瑕的優雅」並不是說沒有經歷，而是經歷過太多辜負還是願意相信愛情，經歷過大起大落還是願意以天真的態度對待人生，把慘澹的時光也捂成了手心裡的一顆珍珠，只見無瑕不見傷，只見優雅不見苦。

我曾被很多女人追問過「什麼才是真正的優雅？」在我的眼裡，優雅不只是女人獨有的別緻，迷人的外在儀態，還包括和諧生活的內在智慧，就是以外在的淡定從容和內在的堅韌強大，支撐起對自己的珍愛、對傷痛的克制、對情感的執著、對生活的敬意。

換句話說，你在擁擠的地鐵上也保持外觀整潔禮貌得體，這是一種優雅；你在餐廳安靜用餐，還把留在咖啡杯上的口紅悄悄擦去，這是一種優雅；你開口前微笑、說完話道謝、對陌生人輕聲細語，這是一種優雅；你剛剛痛哭過，然後洗臉化妝換衣，像是換了個人般去做該做的事，這是一種優雅；你不論功成名就還是境遇堪憂，臉上都是一副波瀾不驚，這更是一種優雅。

誰這輩子沒遇到幾件煩人事？誰這一生沒經歷過特別艱難的時刻？儘管我認為除了生死，其餘都不算事，但也能理解淒風冷雨後的寒徹骨。可我更堅定地認為不論什麼時刻，我們都要珍視自己，對自己好一點才是真的好。不絕望太久、不怨天尤人、不逃避問題，實在解決不了就棄之一旁，先找一條自癒的路。

你用珍愛自己的力量塑造出了優雅，像一件藝術品般散發出迷人的光芒，沉默無語也會被別人珍愛收藏。你努力活出了自身的社會價值，你的夢想、你的事業才不會成為你的負累，而最終成為你個人品質的保證。

你想要等到一個對你好的男人，他優秀忠誠，有責任有擔當，可以託付終生，就先讓自己成為這樣一個好女人，你優秀忠誠，有責任有擔當，可以榮辱與共。你珍視自己，就不會容忍外界對你造成所謂的傷害；你有信譽，就不會總是身處事業境遇的低谷；你活得優雅，就不會在繁華裡迷失，在慘澹中凋零。

自珍是優雅的底氣，而優雅可以幫助你直視哪怕最慘澹的人生。如珍珠般無瑕的優雅，是我們對生活最大的敬意，其他的老天自有安排。

低到塵埃裡的愛情難開花

張愛玲系出名門，祖母李菊藕是慈禧心腹中堂李鴻章之女，但她的童年並不幸福，生母流浪歐洲，她在父親和後媽的監管中成長，十七歲那年因為不堪父親的毆打投奔媽媽。媽媽給了她兩條路，讓她選擇：「要麼嫁人，用錢打扮自己，要麼用錢來讀書。」張愛玲選擇了後者。

戰亂逼使她放棄遠赴倫敦的機會，選擇了香港大學，在那裡她一直名列前茅，無奈畢業前夕香港卻淪陷了。此後張愛玲返回上海，以唯一的生存工具，寫作，來度過難關。而就在她被認定是上海首屈一指的女作家，事業更是如日中天的同時，她戀愛了。對方是為漢奸政府工作、大她十五歲的胡蘭成，世人都覺得這樣的愛情很不可思議，但張愛玲自己並不覺得。她在給胡蘭成的一張照片後面寫道：「在你面前我變得很低很低，低到塵埃裡。但我的心裡是喜歡的，從塵埃裡開出花來。」

他們結了婚，但很快胡蘭成因為漢奸身分到處逃亡，又在溫州和別的女人以夫妻名義同居。張愛玲找到了溫州，三個人在旅館中見面，她覺得那個女人像是胡蘭成的親人，自己倒像是個客人。張愛玲知道自己這一生最美的愛情，已經走到了心酸的盡頭，再沒有挽回的餘地。此後將近一年的時間裡，張愛玲還是用自己的稿費接濟胡蘭成，直到胡脫離險境，有了安穩的工作，張愛玲才寫來了訣別信，隨信還附上了自己的三十萬元稿費做分手費。

女人的一生總會對某個男人心生過一次仰望，即便她曾經是女神般高傲。愛上一個人，內心就變得很低，因為這是歡喜的、美好的，所以也是甘心的、幸福的。這是張愛玲的愛情觀，也是大多數戀愛中人真實的心情寫照。後來她也變得清醒決絕，分手信中寫道：「我已不喜歡你了，你亦是早就不喜歡我了……不用找我或者寫信，我亦不會看的。」

幾年後胡蘭成寫信給張愛玲的好友炎櫻，試圖挽回這段感情，但張愛玲並沒有理他。是的，才高如她也只有力氣一生低一次塵埃開花。張愛玲曾對胡蘭成說：「我將只是萎謝了。」但她從此萎謝的不僅僅是愛情，還有她的文采，創作也進入了低谷。

可見那塵埃裡開出的花是傾盡心力的，頹敗了就很難再有下一場花期，張愛玲此後的整個人生都就此沉寂了下去，也從未在作品中對這樣一段愛情有過隻言片語。晚年的她依舊有些顛沛輾轉，甚至不停搬家，最終在美國一間公寓裡悄然離世。對於一個曾經寫出那麼多美好的文字、影響了那麼多讀者的非凡的她來說，這依舊是她決絕的選擇，因為她的心裡開出過最動人的花朵，就算人生黯然謝幕，也帶著孤單的華彩。

張愛玲寫在照片後面的那句話被後世傳承甚廣，很多人都覺得才高如她，依舊免不了為男人低到塵埃裡，何況我們？這句話其實應反過來思考，才高的她才會把低到塵埃演繹到絕美，你沒才華又平凡無奇，就別矯情了吧。情感中女人應該是接受型的，男人才是付出型的，如果我們把卑微當成愛情的常態，那只怕這世間的男人永遠都是壞的，女人永遠都是賤的。

大學時，我曾為心中仰慕的男孩的突然離開耿耿於懷，非要追著他問個明白，結果愈追他就愈躲。一天晚上我拿著寫給他的長信去宿舍找他，路上在圖書館認識的一位學姐打電話給我要資料，當她得知我在幹什麼的時候，她說：「連灰姑娘都是王子主動去追的，何況你是公主？你現在馬上撕掉你手裡的信，然後給我滾回圖書館，我在這裡等你！」我呆在了原地，然後撕掉信扔進旁邊的垃圾桶。常被各種考試和論文在圖書館裡虐到死的我，那天轉身走向圖書館的時候，忽然覺得那裡居然閃爍著溫暖的光。

兩個月後，我的身邊又有了別的男孩幫我打飯占位子，那個男孩又跑回來找我了，如我當初找他一般。我再沒有讓自己的愛情如此卑微過，既然我可以一輩子做自己的太陽，為什麼非要低到塵埃裡開花耗盡心力？我寧願錯過也不多說，以便留下完整的心再去好好生活。於是，我也獲得了前任說我是「天底下最沒良心最狠心的女人」之類的怨言。

愛的時候不虧待每一份熱情，也絕不討好任何冷漠，一旦攢夠了失望就要離開，地球是圓的，路卻是直的，願我們在今後不再相見的歲月裡熠熠生輝。愛情和男人不會是生活的全部，這是我的愛情觀。

想要愛得長久，你就應該清醒地接受這個事實：男人只有不斷付出，才會有不斷的勇氣去面對生活的種種誘惑與風雨，在磨練裡寬廣了自己的胸懷，同時也挺直了自己的脊樑，也只有這樣的男人才有資格對女人說愛。沒用處的男人才會喜歡有個女人能替自己打點一切，生出了「吃軟飯」的心思，倒楣的還是那些只知道付出的女人，給的或許是真愛，得到的卻只是屈辱。

現實生活中，有才華和能力的女子大多孤單，在她們光鮮亮麗的外表下，情感生活甚至幾近不堪。她有過怎樣低到塵埃裡的曾經，怎樣絕望的過往，我都不足為怪，因為世間的男人大多沒有更高的能力去呵護這樣的非凡，才會留下她獨自傷心難過。

換句話說，低到塵埃裡的愛情，是有著非凡才華女子的專利，只有她才有勇氣不問值不值得，不計較任何後果，千金散盡還復來，愛到不能再愛。在不值得的人眼裡，她是個愛情傻瓜，但在懂她的人眼裡，她將一直燦若煙花。

如果遇不到旗鼓相當的人相互體恤一生，有才華的女子大多會有兩個選擇，要麼找一個願意相陪的平凡男子回歸世俗生活，在婚姻、丈夫、事業和孩子之間權衡妥協，經營得好也會有現世幸福安穩。要麼如張愛玲那般選擇孤獨終老，再不為任何人將就自己的初心，在愛情、世事和人生裡獨自沉浮，因為有些快樂，凡人根本不懂。

生活是場大冒險，女人愈美麗愈安全

小時候跟家中的一位表姐出門，當時公車上很空，她安頓我坐好自己卻站在旁邊。看到我又往裡面挪了挪，她說：「姐姐今天穿的裙子是真絲面料的，坐久了前後都會起皺，走起路來就不好看了。」

那是我第一次知道，女人除了走路的樣子要看好，還要讓衣裙展現出你倩影的完美。表姐如今已經做了奶奶，去年再見到她的時候，年齡卻像是停在了四十歲。她退休前一直是一家老字號的店員，那沒有一點褶皺的裙子，卻彰顯出普通女子能夠抵達的更好的生活境界。

記得以前有位女上司，常常坐椅子或是沙發都只坐一條邊，身體保持挺直的姿勢，也是因為她穿了桑蠶絲質地的衣裙，她說這樣坐著可以儘量保持上一天班後衣服不會皺巴巴。久而久之，正面看過去她身姿纖細儀態萬千，背影看上去則永遠似少女那般。我的一位女友也是如此，拍照的時候她都會整理好裙襬，或是換個姿勢藏起皺褶，她說：「站要有站相，坐要有坐樣，美就要美到有細節有個性，才經得起遠遠近近的目光。」

早上的機場是最繁忙的時刻，從咖啡館的玻璃門望出去，男男女女都淹沒在匆匆行色中，幾乎分不出帥氣的還是漂亮的，哪怕是最光鮮的衣著，也會因為行程中容易生出的各種莫名煩躁變得暗淡無光。忽然一個漂亮的倩影從眼前走過，穿著Juicy Couture粉色天鵝絨運動套裝，拉著一個質地上乘的黑色行李箱，側面金屬環上墜著Fendi墨綠色小怪獸掛飾，上上下下隨著她輕快的腳步跳躍著，女主人的倩影因為這樣精緻的細節呼應更顯窈窕動人。

女人的倩影也是需要經營的，愉悅了自己也美好了別人。不要說沒人會注意到你，我看到了，而且還會有人在看你。有時候不是沒有人懂你的孤獨，而是你粗糙得讓別人根本看不到你。

聽很多人抱怨生活的忙碌生存的壓力，於是就沒時間打扮，沒耐心戀愛，沒心情看書，甚至不忙的時候也被虛幻的欲望填滿，沒有內在的修養，外在也會慢慢變得俗不可耐。話說相由心生，小人會有小人相，怨婦會有怨婦相，倒楣也會有倒楣相，而大多數外貌上的所謂醜陋，也不是指五官上的不盡如人意，而是內心的那些懦弱、自私、惡毒和猥瑣的真實顯現。

不保養你的臉，內在再好也缺少回味，有了漂亮的外在，又擁有了豐盈的內在，老去的就只是年齡，女人才能成就其美輪美奐的人生，而這些一直和別人無關。安全感向來都是自己給自己的，等你真正有能力無懼改變和選擇，看得清陰晴圓缺都是美，撐得起愛與不愛背後的堅持和放手，生活中就沒有什麼東西能令你感到不安全了。

女人外在的美和內在的豐是並重的，只強調內在美，往往是很多女人不自信的表現，因為做不到，所以你才會放棄。我從不覺得一個外在粗糙的女人，內在又能美到哪裡去，你連自己都不會討好，連女人的風情都會忽略，實在是種巨大的資源浪費。別給自己的不美好找藉口了，大家都很忙，也別說別人沒耐心走近你瞭解你，賞心悅目是我們心靈和眼睛的需要，誰能勝出誰才會有下一次的機會，男人，包括女人自己都是外貌協會的！

有的時間是用來工作賺錢的，有的時間是用來打扮豐富自己的，有的時間是用來談情說愛的，世上只有這三種時間，你浪費了其一，就極有可能辜負了剩餘。身為女人，你只有真正瞭解自己，才算是瞭解生活的本質。即便只是一條裙子，也是有風情的，沒有褶皺的裙子，穿的時候助你婀娜多姿，掛在衣櫃裡也承載著美好記憶，何況你是個女人？人生是一種見識，而不只是活著。

生活中精靈般的女子都是從細節開始，把自己武裝到連牙齒、倩影都被經營得三百六十度無死角。那沒有一點褶皺的裙子飄出的女人味裡，充滿著靈動與嫵媚，優雅與淡定，無時無刻不在撩撥著那些懂得欣賞的心。而認真活出的身價，又為你主動剔除了一些不同路的人，你根本不必在別人配不配得上你的這個問題上糾結。精緻的細節，悅人更能悅己，讓我們那些生活的勇氣、情感的執著、淡定的堅守、從容的心境，一直柔軟著堅強，溫暖著幸福。

你要擁有一條沒有褶皺的裙子，一顆沒有陰霾的心，倩影才會漸漸變得光芒萬丈，成就一個好女孩看遍繁華後的恬淡人生。

既然生活是場大冒險，女人愈美麗愈安全。

穿越了悲傷，生活就會展露笑顏，

克制了有條件去做卻不能做的衝動，情感才會漸入佳境，

當面對諸多麻煩也能平靜應對、不言苦痛，

心就會慢慢被自己的純真暖過——

原來我是那晴天裡的陽光，暖了自己，也明媚了別人的眼睛。

要騷，就要騷成春光裡的驚鴻一瞥

我不認為「騷」這個詞全為貶義，生活裡用「騷」來罵人的，多半是女人自己。一個「騷」字裡藏著百媚千嬌，悶騷其實就是風情的代名詞，需要更多的文化底蘊和自信，懂得所謂個性首先是為自己保留的，不是拿去在他人面前表演或是爭寵的。悶騷也是東方美學精神的體現，若隱若現，欲說還休。裙子不短一點，舉止大方得體，唇上的一抹櫻桃色，飄過的一縷嫵媚香，留下的一絲微微笑，桌上的一張照片，枕邊的一枝獨放，可以漂亮到驚豔，可以有才華到橫溢，這些都是妖嬈心境的細微出處，讓人欲罷不能。

「騷」不是把露得多當性感，把挑逗曖昧當風情，所有流於表面的做作都是令人作嘔的，真正的「騷」是外在的溫婉知性，內在的狂野克制。「我想要很多很多的愛，沒有，就要很多很多的錢。如果兩樣都沒有，起碼我還很健康。」亦舒的這句話是悶騷女人的生活哲學。

悶騷的女人，外表溫婉內心狂野，是女人中的女人，最是那一低頭的嬌羞裡，風情萬種又百媚叢生。在生活裡活色生香，在婚姻裡幸福美滿，在女人間優雅出眾，在男人間光彩無限，歲月的流逝只會讓她生出了些許仙氣，悠悠一縷，便長生不老了。至於別人解不解風情，更是件無所謂的事，你樂得不為看不懂自己的人浪費一點時間。

在民國時期的才女中，林徽因比蕭紅和張愛玲等都顯得更全面一些，人生際遇也更加幸運。她在詩歌、小說、散文、戲劇、繪畫、翻譯等方面成就斐然，建築學家的科學精神和作家的文學氣質揉合得渾然一體，讓她幾乎標誌一個時代的顏色。大家閨秀，出眾的才，傾城的貌，與她一起長大的堂姐妹，幾乎都能細緻入微地描繪她當年的衣著打扮、舉止言談是如何令她們傾倒。

林徽因的情感生活也像一個春天的童話，幸福而浪漫，與丈夫梁思成相親相愛，相互扶持，一生不渝。喜歡熱鬧的她，交際起來洋溢著優雅迷人的魅力，又不會讓別人萌生半點菲薄之意。面對這樣的女子，倘若還要糾纏她的情感，那個為她終生不娶的哲學家金岳霖的真誠，最能夠說明她情感的品質。

冰心筆下的《我們太太的客廳》，諷刺過以林徽因為主的一幫太太「商女不知亡國恨」。林徽因一生傲人傲骨，即便晚年病重有些失聲，為保護北京古建築，指著吳晗的鼻子怒斥，那副學者的脊樑和言語的深情，依舊讓在場的男人驚為天人。「客廳」中被愛慕者眾星捧月，在窮鄉僻壤、荒寺古廟與梁思成考察古建；早年名門出身被眾人稱羨，戰爭期間繁華落盡親自上街打油買醋；青年時旅英留美，深得東西方藝術真諦，英文好得令人讚歎；中年時一貧如洗，疾病纏身仍執意要留在祖國。

她留世的很多照片中，我們看到的都是她美麗且風情的影子，溫婉、精緻、可愛、優雅、輕笑，眼神中流露另一個世界裡的清澈，有她狂熱且克制的大愛。「太太的客廳」倒是恰到好處地反映出一個女子的思想情趣，以及大家閨秀自始至終不變的生活腔調。有誰知道鳳凰的快樂？那是因為她在烈焰裡與奇蹟來了個狹路相逢。

悶騷也不是女人的專利，這種氣質在男人身上也能夠被演繹得盪氣迴腸。金岳霖先生也是率性而行，按自己的志趣去生活和做事，從不為名利所累。他青年時代起就飽受歐風美雨的沐浴，生活相當西化，加上一米八的高個頭，儀表堂堂，極富紳士氣度。在英倫留學時，常手挽穿著入時的金髮洋妞，令彼時中國窮學生很是豔羨。不過他鑽研邏輯學，一生均以理智駕馭情感，從未向心上人表白過。林徽因去世多年後，一天他請朋友吃飯，眾人好奇，他才婉轉道出：「今天是徽因的生日。」眾人唏噓不已。金岳霖終生未娶，始終如初見般，默默愛了林徽因一生。

悶騷的男人在女人面前，只會表現他的教養、氣度、沉穩和自信，不會誇誇其談，不會油腔滑調，不會莽撞行事。對女人反而更加體貼入微，關心呵護，舉手投足就已經魅力自現。但他深情的眼神包裹著強大的殺傷力，得體的話語隱藏著無法言傳的深情，細微的示意蘊含著誘惑的動機，溫馨的關切體現著相愛的渴望。只有在這樣一些有教養又有內涵的男女之間，愛是克制、情是牽掛，白頭到老是一種幸福，相忘江湖也是一種榮幸。

可以悶騷，這是春光乍現式的驚鴻一瞥，久久難忘才是重點，但你不可以明擾，任何一覽無遺的故意挑逗，都屬於東施效顰，愛好此道的人層次也不會高。

無論承認與否，悶騷都是一種境界，代表精神文明與物質文明的共同進步，是有品質的人表現出的一種生活姿態，應該是有趣的，或是克制的，但絕不會是過分的，或是有失體面的。

悶騷還是高情商的表現之一，如今人們面對的是快節奏的生活、高負荷的工作和複雜的人際關係，沒有較高的情商，難以獲得別人的支持與成功，甚至會影響到智商的發揮。提高情商最有效的辦法就是提高自己的修養，控制自己的情緒，堅持表裡如一的生活姿態，對一切美好的事物永遠心存嚮往和感激。

後記
獨立而體面，溫柔而堅強

我的女性友人林夕得知我又要去拉薩，她也千里迢迢從上海追了過來，十四年前我們在拉薩八朗學旅館的院子裡相識，友情就此延續至今。一個生活在北京，一個生長在上海，我們並不常見面和聯繫，但多年的默契讓彼此知道，我們之間只有一個轉身的距離。

我有兩年沒見林夕了，她走進旅館院子的時候，我身邊的兩個男人都說她不像是位身世坎坷的女子，她身材嬌小玲瓏，顯得年輕而漂亮。可林夕獨自照顧精神不正常的媽媽和弱智的弟弟好多年了，曾經的丈夫因為她家負擔沉重也和她離了婚。林夕沒有孩子，她說：「媽媽和弟弟就像我的孩子。」弟弟雖然已經三十歲了，可智力相當於幾歲的孩童，我看到林夕為弟弟餵飯，就像在照顧孩子，細心又周到。弱智的弟弟衣著乾淨整齊，可以想像林夕為此付出了多少。而媽媽的病時好時壞，發作起來林夕就要公司、家、醫院三個地方跑，忙碌和疲憊可想而知，戀愛和婚姻之事也必然為此耽誤了。

林夕父親早逝，她高中畢業就開始工作養家，媽媽病退後的工資也沒有多少，弟弟生活又不能自理，在上海這樣的城市裡生活，已經很不容易。林夕為了能多賺錢嘗試過很多事情，屢敗屢戰艱難打拚，偶爾我也會接到她的電話，裡面只有她的哭聲。就是這樣一個聽上去不堪生活重負的女子，看上去卻永遠獨立而體面。用她的話說：「錢是自己賺的，用起來才踏實，而且有足夠的自由再去做選擇和承擔。」

不得不說上海女子是很會精打細算過日子的，林夕有一本帳本，上面列著家庭和自己的必要開銷，記錄著每個月的收入和支出。她的衣著雅致而體面，有些衣服是按照時裝雜誌上的款式找裁縫做的，能便宜很多。一日三餐很講究營養搭配，但菜和水果她總是等到市場快關門的時候才去買，她說：「價格便宜，挑挑選選品質也滿好的。」

林夕的普通話裡夾著上海腔，總是細聲慢語，認識她多年也沒見她發過什麼脾氣，對於一個長期背負沉重家庭負擔的女子來說，這是很不容易的事。有一次她媽媽發病走丟，我正好也在上海，我們兩個人找了兩天，她媽媽才被好心人送到了派出所。那天她見到神情無措的媽媽，只是抱著她好久好久。她兩天兩夜不眠不休，對媽媽對弟弟卻從未有過隻言片語的抱怨。

即便一個人養家，林夕也會存下旅行的開支，因為她每年都會去一個想去的地方，那是她給自己的獎賞。國內、國外，有時則是故鄉附近的某個小鎮，林夕的旅行從未間斷過，每次走之前會安排好媽媽和弟弟的生活，回來的時候她說她又積蓄了勇氣和力量。她從來不跟身邊的人講述自己的狀況，我想也從來不會有人看出她在人後十二萬分的努力。

她說媽媽的病已經很少再發作，可以一起照顧弟弟了，身邊也有了一位可以談心的男人，這次能來拉薩和我一起玩幾天，也是因為他的傾力相助。我也說過，晚一點來的愛情更值得等待，而林夕時刻都在準備著一場盛大的遇見。

我們常常為一些不值得的事情，耽誤了當下的日子，卻又喜歡說自己很努力，哪怕遭遇丁點傷痛，就山崩地裂般不能自拔。當你真的以為你是天底下最倒楣的人時，你或許就真得要一直倒楣了。我也發現，生活中喜歡訴苦的人往往苦的不是生活狀況，而是有一顆心，以為所有人都對不起自己。而那些身世坎坷或是境遇不濟的人，苦到了不能說，就乾脆不說，因為世上沒有人會對沒經過的苦難感同身受，自己的事情依舊得自己扛。

女人的體面，除了外在的精緻美好，還重在內在的自我約束和自我克制，即便有條件做的事情，因為有失身分和體面，我們也要強迫自己放棄不去做。當林夕只拚臉就可以擺脫經濟困境的時刻，她選擇的是拒絕，因為她有自己的底限，保留的就是體面。

而一個內心強大的女子必是溫柔的，也只有在不急不躁、不慌不忙裡，能培養出冷靜和堅韌，內心最柔軟的部分也才會被喚醒，成全了堅強的溫柔。就像男人的擔當是最優秀的雄性基因，女性的溫柔則是遇善則柔、遇惡則強的大智慧。

即便現實讓我們做不到想愛就愛和說走就走，那林夕的「每年都去一個地方」也是一種精采的人生。從來就沒有擠不出的時間和做不到的事，只要我們把目標定得實際一些，放棄那些無用的社交，離開早就該離開的舊人，就能放開手去做對自己真正有益的事了。

美、獨立、優秀、優雅，不應該只是女人的追求，而應該成為我們的一種生活態度。

致所有女子，我們一起獨立而體面，溫柔而堅強。

國家圖書館出版品預行編目(CIP)資料

失愛算什麼！──沒有人陪你顛沛流離，你就做自己的太陽 / 王珣著 . -- 初版 . -- 新北市：小貓流文化出版：遠足文化發行, 2019.09
面； 公分
ISBN 978-986-96734-5-7 (平裝)

863.55　　　108015385

失愛算什麼！
──沒有人陪你顛沛流離，你就做自己的太陽

作　　者　王珣

總 編 輯　瞿欣怡
責任編輯　吳令葳
封面及版面　Bon Javic
排　　版　游淑萍
印務經理　黃禮賢

社　　長　郭重興
發行人兼出版總監　曾大福

出 版 者　小貓流文化
發　　行　遠足文化事業股份有限公司
地　　址　231 新北市新店區民權路 108-4 號 8 樓
電　　話　02-22181417
傳　　真　02-22188057
郵政劃撥帳號：19504465　戶名：遠足文化事業有限公司

法律顧問　華洋法律事務所 / 蘇文生律師

共和國網站　www.bookrep.com.tw
小貓流網站　http://www.facebook.com/meowaytw/

定　　價　380 元
初　　版　2019/09/25
I S B N　978-986-96734-5-7